中华烹饪古籍经典藏书

清异录

（饮食部分）

［宋］陶谷 撰

中国商业出版社

图书在版编目（CIP）数据

清异录.饮食部分/（宋）陶谷撰.－北京：中国商业出版社，2021.1
　ISBN 978-7-5208-1311-2

　Ⅰ.①清… Ⅱ.①陶… Ⅲ.①笔记小说－小说集－中国－宋代 Ⅳ.① I242.1

中国版本图书馆 CIP 数据核字（2020）第 205798 号

责任编辑：包晓嫱　常　松

中国商业出版社出版发行
010-63180647　www.c-cbook.com
（100053 北京广安门内报国寺 1 号）
新华书店经销
唐山嘉德印刷有限公司印刷
＊
710 毫米 ×1000 毫米　16 开　11.25 印张　100 千字
2021 年 1 月第 1 版　2021 年 1 月第 1 次印刷
定价：49.00 元
＊＊＊＊
（如有印装质量问题可更换）

《中华烹饪古籍经典藏书》指导委员会

（排名不分先后）

名誉主任

姜俊贤　魏稳虎

主　任

张新壮

副主任

冯恩援　黄维兵　周晓燕　杨铭铎　许菊云
高炳义　李士靖　邱庞同　赵　珩

委　员

姚伟钧　杜　莉　王义均　艾广富　周继祥
赵仁良　王志强　焦明耀　屈　浩　张立华
二　毛

《中华烹饪古籍经典藏书》
编辑委员会
（排名不分先后）

主 任
刘毕林

秘书长
刘万庆

副主任
王者嵩　杜　辉　佟长有　牛金生　郑秀生　李　冬
褚宏辚　朱永松　霍　权　余梅胜　陈　庆　林凤和
麻剑平　陈江凤　孙正林

委 员

林百浚	闫 囡	尹亲林	孙家涛	王万友	张 虎
赵春源	杨英勋	胡 洁	孟连军	彭正康	吴 疆
杨朝辉	王云璋	刘义春	王少刚	张陆占	孔德龙
于德江	王中伟	马振建	孙华盛	刘 龙	吕振宁
张 文	熊望斌	刘 军	刘业福	陈 明	高 明
刘晓燕	谭学文	王 程	王延龙	范玖炘	牛楚轩
佟 彤	史国旗	袁晓东	梁永军	唐 松	兰明路
王国政	赵家旺	张可心	徐振刚	沈 巍	刘彧殴
李金辉	杜文利	杨军山	严学明	寇卫华	王 位
向正林	贺红亮	余伟森	阴 彬	侯 涛	赵海军
于 忠	于恒泉	陈 晨	曾 锋	邸春生	吴 超
许东平	肖荣领	赖钧仪	胡金贵	皮玉明	刘 丹
王德朋	杨志权	任 刚	黄 波	邓振鸿	陈 光
李 宇	李群刚	孟凡宇	刘忠丽	刘洪生	赵 林
曹 勇	田张鹏	马东宏	张富岩	王利民	

《清异录（饮食部分）》
编辑委员会
（排名不分先后）

主　任

刘万庆

注　释

李益民　王明德　王子辉

译　文

樊京鲁

审　校

王湜华

《中国烹饪古籍丛刊》出版说明

国务院一九八一年十二月十日发出的《有关恢复古籍整理出版规划小组的通知》中指出：古籍整理出版工作"对中华民族文化的继承和发扬，对青年进行传统文化教育，有极大的重要性。"根据这一精神，我们着手整理出版这部丛刊。

我国的烹饪技术，是一份至为珍贵的文化遗产。历代古籍中有大量饮食烹饪方面的著述，春秋战国以来，有名的食单、食谱、食经、食疗经方、饮食史录、饮食掌故等著述不下百种；散见于各种丛书、类书及名家诗文集的材料，更加不胜枚举。为此，发掘、整理、取其精华，运用现代科学加以总结提高，使之更好地为人民生活服务，是很有意义的。

为了方便读者阅读，我们对原书加了一些注释，并把部分文言文译成现代汉语。这些古籍难免杂有不符合现代科学的东西，但是为尽量保持其原貌原意，译注时基本上未加改动；有的地方作了必要的说明。希望读者本着"取其精华，去其糟粕"的精神用以参考。编者水平有限，错误之处，请读者随时指正，以便修订。

中国商业出版社

出 版 说 明

20世纪80年代初,我社根据国务院《关于恢复古籍整理出版规划小组的通知》精神,组织了当时全国优秀的专家学者,整理出版了《中国烹饪古籍丛刊》。这一丛刊出版工作陆续进行了12年,先后整理、出版了36册,包括一本《中国烹饪文献提要》。这一丛刊奠定了我社中华烹饪古籍出版工作的基础,为烹饪古籍出版解决了工作思路、选题范围、内容标准等一系列根本问题。但是囿于当时条件所限,从纸张、版式、体例上都有很大的改善余地。

党的十九大明确提出:"要坚定文化自信,推动社会主义文化繁荣兴盛。推动文化事业和文化产业发展。"中华烹饪文化作为中华优秀传统文化的重要组成部分必须大力加以弘扬和发展。我社作为文化的传播者,就应当坚决响应国家的号召,就应当以传播中华烹饪传统文化为己任,高举起文化自信的大旗。因此,我社经过慎重研究,准备重新系统、全面地梳理中华烹饪古籍,将已经发现的150余种烹饪古籍分40册予以出版,即《中华烹饪古籍经典藏书》。

此套书有所创新，在体例上符合各类读者阅读，除根据前版重新标点、注释之外，增添了白话翻译，增加了厨界大师、名师点评，增设了"烹坛新语林"，附录各类中国烹饪文化爱好者的心得、见解。对古籍中与烹饪文化关系不十分紧密或可作为另一专业研究的内容，例如制酒、饮茶、药方等进行了调整。古籍由于年代久远，难免有一些不符合现代饮食科学的内容，但是，为最大限度地保持原貌，我们未做改动，希望读者在阅读过程中能够"取其精华、去其糟粕"，加以辨别、区分。

我国的烹饪技术，是一份至为珍贵的文化遗产。历代古籍中留下大量有关饮食、烹饪方面的著述，春秋战国以来，有名的食单、食谱、食经、食疗经方、饮食史录、饮食掌故等著述屡不绝书，散见于诗文之中的材料更是不胜枚举。由于编者水平所限，难免有错讹之处，欢迎大家批评、指正，以便我们在今后的出版工作中加以修订。

中国商业出版社

2019 年 9 月

本书简介

本书系北宋陶谷所著。陶谷，字秀实，邠州新平(今陕西彬县)人。他历仕后晋、后汉，至后周任翰林学士、户部侍郎，后迁兵部侍郎，加承旨。显德六年（公元959年），加吏部侍郎。宋初，转礼部尚书，仍为翰林承旨。后累加刑、户二部尚书。开宝三年(公元970年)十二月卒，年六十八岁。死后赠右仆射。据《宋史》记载："谷强记嗜学，博通经史，诸子佛老，咸所总览。"《清异录》是他杂采隋、唐至五代典故所写的一部随笔集。所记物事，分为天文、地理、草木、花、果、蔬、药、禽、兽、虫、鱼、居室、衣服、器具、馔羞、丧葬等三十七门，共六百四十八条。每条均分别加小标题。此书从形式上看，多是消遣取乐的幽默文字，并非正面陈述事物。但它在各个方面反映了丰富的历史情况，对于研究隋唐五代历史的某个侧面提供了可贵的资料。该书也并非全是陶谷自己的记述，有一部分是转抄别人的(如"鱼门"中的《水族加恩簿》"茗荈门"中的《十六汤》等)。这些抄录的东西，本身就是某个方面更为集中、更为系统的文献资料。

本书只选收了《清异录》中与饮食有关的果、蔬、禽、兽、鱼、酒、茗、馔八门共二百三十八事，约占全书的三分之一。这些资料，对研究我国烹饪历史极为珍贵。如"馔羞门"中隋代的《谢讽食经》、唐代韦巨源的《烧尾食单》，是我们今天所能看到的隋、唐两代宫廷、官府筵席唯一较为齐全的食单。其他果、菜、禽、兽、鱼等门，多为烹饪原料，有的谈到其营养价值，有的谈到其烹调技法，都是研究烹饪技术发展的可贵资料。

本书主要根据一九三〇年商务印书馆据涵芬楼藏版铅印的《说郛》本；参阅一九二二年文明书局石印的经陈眉公订正的《宝颜堂秘笈》本和道光年间李锡龄校刊的《惜阴轩丛书》本。《清异录·序》则是根据的陈本。

从《中华烹饪古籍经典藏书》的特点出发，《清异录（饮食部分）》在编排顺序上对原书做了一些调整。如把"馔羞门"放在首篇，把"百果门"移到了后面等。

《清异录（饮食部分）》注释曾经王湜华同志审核。

中国商业出版社

2020年9月

目 录

序 …………………………… 001
馔羞门（三十九事）…… 005
    无心炙 ………………… 005
    莲花饼馅 ……………… 006
    缕子脍 ………………… 006
    自然羹 ………………… 007
    赤明香 ………………… 008
    玲珑牡丹鲊 …………… 008
    五福饼 ………………… 008
    辋川小样 ……………… 009
    逍遥炙 ………………… 010
    单笼金乳酥 …………… 011
    食经 …………………… 018
    糟蟹、糖蟹 …………… 021
    消灾饼 ………………… 022
    餺飥饭 ………………… 022
    学士羹 ………………… 023
    道场羹 ………………… 023
    清风饭 ………………… 024
    法乳汤 ………………… 024
    同阿饼 ………………… 025
    转身米 ………………… 025
    双弓米 ………………… 026
    麦穗生 ………………… 026
    邹平公食宪章 ………… 027
    寒消粉 ………………… 028
    回汤武库 ……………… 029
    社零星 ………………… 030
    辣骄羊 ………………… 031
    剥皮丹 ………………… 032
    玉尖面 ………………… 033
    十遂羹 ………………… 034
    小四海 ………………… 035
    雁棱 …………………… 036
    八珍主人 ……………… 036
    张手美家 ……………… 037
    酒骨糟 ………………… 040
    建康七妙 ……………… 040

糟云……………………041
花糕员外………………042
王羹亥卯未，
相粥白玄黄……………042
玉杵金糁………………043
于阗法全蒸羊…………044

蔬菜门（二十五事）……045

崑味……………………045
千金菜…………………045
翰林齑…………………046
胡麻自然汁……………047
百岁羹…………………047
子母蔗…………………048
龙须菜…………………048
一束金…………………048
盘盌葱…………………049
和事草…………………049
五鼎芝…………………049
南风薤…………………050
玉乳萝卜………………050
蒺藜精…………………050
鳖还丹…………………051
题头菌…………………052

笋奴菌妾………………052
金毛菜…………………053
笑矣乎…………………053
休休散…………………053
麝香草…………………054
三无比…………………054
鍊鹤一羹，醉猫三饼…055
缠齿羊…………………056
净街槌…………………056

鱼门（三十二事）………057

一命鳗鲡………………057
王字鲤…………………057
裙襕大夫………………058
平福公…………………058
水晶人…………………059
黄大……………………059
夹舌虫…………………060
软飣雪龙………………061
《水族加恩簿》………061
玉桂仙君………………063
章丘大都督……………063
爽国公…………………065
甘松（鬆）左右丞……067

清脘馆学士…………067
橙虀录事…………068
珍曹必用郎中…………068
骨鲠卿…………069
醉舌公…………069
摆甲尚书…………070
典酱大夫…………070
新美舍人…………071
怀奇令史…………071
甘盘校尉…………072
通幽博士…………072
同体合用功臣…………073
点花使者…………073
梵响参军…………074
济馋都护…………075
银丝省餍德郎…………076
春荣小供奉…………079
辅庖生…………080
表坚郎…………080

禽名门（三十二事）…………081
羹本…………081
插羽佳人…………081
白鸥脯…………082

家常腽肭脐…………083
婆娑儿…………083
黑凤凰…………084
兀地奴…………085
减脚鹅…………085
轩郎…………085
书空匠…………086
福德长…………086
灌阳公…………087
瓦亭仙…………087
青喜…………088
凤隐…………088
半瑞…………089
肉寄生…………090
九苞奴…………090
哑瑞…………091
长生网…………092
族味…………093
碧海舍人…………093
人日鸟…………094
痴伯子…………094
唾十三…………095
纳脍场小尉…………097
锦地鸥…………098

观自在……098
渊明鬼……099
顷刻虫……099
九罗……101
相如锦……101

兽名门（二十事）……103
白沙龙……103
珍郎……103
角仙……103
玉署三牲……104
糟糠氏……104
金鞍使者……105
灵寿子……105
麝香骗……106
衔蝉奴……107
尾君子……107
黄奴……108
绿耳梯……108
菊道人……109
白雪姑……110
钝公子……110
肉胡床……111
肉灶烧丹……111

四足仙人……112
黄毛菩萨……113
峻青宅……113

酒浆门（十六事）……115
太平君子……115
天禄大夫……115
鱼儿酒……116
含春王……116
天公匙……117
甘露经……118
玉浮梁……118
快活汤……118
林虑浆……119
觥筹狱……119
杂瑞样……120
麴世界……121
丑未觞……122
甕宫集大成……122
祸泉……123
瓶盏病……124

茗荈门（三十五事）……126
十六汤……126

龙坡山子茶……133
圣赐花……134
汤社……134
楼金耐重儿……135
乳妖……135
清人树……136
玉蝉膏……136
森伯……137
水豹囊……137
不夜侯……137
鸡苏佛……138
冷面草……138
晚甘侯……139
生成盏……140
茶百戏……141
漏影春……141
甘草癖……142
苦口师……143

百果门（三十八事）……144

瑞圣奴……144
馀甘尉……144
梅檀……145
冷金丹……145

省事三……145
蜜父蜡兄……146
青灰蔗……146
金香大丞相……147
赤志翁……148
河东饭……148
鸡冠枣……149
红云宴……149
玉枕藷……150
土麝香……150
掌扇冈……151
东韦李……151
天公掌……152
月一盘……152
四十团……152
绣木团……153
玉角香……153
铁脚梨……153
黄金颗……154
百二子……154
御蝉香……154
百子瓮……155
独子青……155
瓜战……156

鼻选…………………156

闽香玉女…………157

澱脚绡……………158

楔宝………………158

竹青枣……………159

假蜂蔗……………160

爽团………………160

百益红……………161

赐紫樱桃…………161

云英面……………161

序

叶伯寅①氏有元时孙道明②抄写宋陶谷《清异录》四卷,凡十五门,二百三十事,遗缺过半,后复得抄本,不第卷次,凡三十七门,六百四十八事。比道明本为备③,而文独简略,讹误亦多。然道明本虽遗缺,殆为谷书而简略者④,则《说郛》⑤所载陶宗仪⑥删定本也。今参校勘正十有二三,而疑误难解者并复存之⑦。史称谷为人隽辩宏博⑧,强记嗜学⑨,多所总览。乾德⑩初,尝为南郊礼仪使⑪,法物制度⑫,

---

① 叶伯寅:人名。身世不详。

② 孙道明:元松江华亭(今上海市松江县)人,字明叔。博学好古,藏书万卷。遇秘本,常亲手抄写。

③ 备:完备。

④ 殆为谷书而简略者:只是陶谷原书的简略本。殆,仅;只。

⑤ 《说郛》:笔记丛书。元末陶宗仪编。一百卷。原本已佚,近人据明抄本配齐,有涵芬楼排印本。系选辑汉魏至宋元的各种笔记汇编而成。于经、史、诸子及诗话、文论等,也有收录。

⑥ 陶宗仪:元末明初文学家。字九成,号南村,黄岩(今属浙江)人。元末应进士试未中,明洪武年间曾任教官,勤于记述典章制度,编有《南村辍耕录》三十卷。亦能作诗,有《南村诗集》。

⑦ 并复存之:把它一并保留下来。

⑧ 隽辩宏博:才智过人,学识渊博,善于明辨事理。隽,才智杰出。辩,辩明;明察。

⑨ 强记嗜学:记忆力强,爱钻研学问。

⑩ 乾德:宋太祖(赵匡胤)年号(公元963—967年)。

⑪ 礼仪使:官名,唐置。凡有国恤,皆以宰相为礼仪使,掌山陵禘祔庙等事。

⑫ 法物制度:关于帝王仪仗队所用器物的制度。

皆谷所定，一时咸共推美①。故今此书亦颇该洽②，诚游览者之秘苑也③。昔蔡中郎④得王仲任⑤《论衡》，秘之帐中⑥，以为谈助⑦。王朗⑧得之，至许下⑨，人称其才进⑩。吾之得谷之书，当亦符斯语尔。

隆庆壬申⑪春日河间⑫俞允文⑬撰

---

① 一时咸共推美：一时间，得到大家普遍赞美。

② 该洽：完备，广博。

③ 诚游览者之秘苑也：实是观赏艺文者的神秘园地。游览者，一般指游赏景物的人。此处指观赏文艺书籍的人。苑，本指供游玩和打猎的风景园林。此处指学术文艺荟萃的文苑。

④ 蔡中郎：指蔡邕。东汉陈留（今河南陈留县）人。因曾任中郎将，故称蔡中郎。

⑤ 王仲任：即王充（公元27—约97年）。东汉唯物主义哲学家。字仲任，会稽上虞（今浙江上虞县）人。《论衡》是他用了毕生精力，历时三十多年才完成的一部哲学著作。该书阐述了"气"是万物本原的学说，唯物主义地解释了人与自然，精神与肉体的关系，深入地批判了当时流行的纬神学和宗教唯心主义思想，曾被统治阶级斥为"异端邪说"，长期被埋没。

⑥ 秘之帐中：把它秘密地珍藏在帐幕里，不让外人观览。

⑦ 以为谈助：可用作谈论（学问）的资料。

⑧ 王朗：三国魏郯县（今山东郯城）人，字景兴。文帝时，官至司空，封兰陵侯。著《易》《春秋》《孝经》《周官》传，今已佚。

⑨ 许下：疑是地名。

⑩ 人称其才进：人们称赞他的才华高人一等。

⑪ 隆庆壬申：即隆庆六年（公元1572年）。隆庆，明穆宗（朱载垕）年号。

⑫ 河间：府名。治所在今河北河间县。清辖境仅有今河北任丘以南，东光、吴桥以西，肃宁、献县、故城以东地区。

⑬ 俞允文：明代昆山（今江苏昆山县）人，字仲蔚。生于明武宗正德六年（公元1511年），卒于神宗万历七年（公元1579年）。15岁作《马鞍山赋》，精研诗文书法，著有《仲蔚集》二十四卷。

【译】叶伯寅有元朝孙道明所抄写的宋代陶谷著的《清异录》四卷,一共分了十五门,二百三十事,但是丢失、遗缺了一多半。以后又得到一个抄本,没有分出卷次,一共分了三十七门,六百四十八事。比孙道明的抄本完整,但是文字太简略,错误、讹误之处很多。孙道明的抄本虽然缺失多,只是陶谷原书的简略本,《说郛》里所记载的是陶宗仪的删定本。现在参校勘正了二三成,疑误或难以解释之处都一并保留下来。史书上说陶谷才智过人,学识渊博,善于明辨事理,记忆力强,爱钻研学问,博览群书。乾德初年,曾经当过南郊礼仪使,关于帝王仪仗队所用器物的制度,都是陶谷制定的,一时间受到所有人的赞扬。所以现在这本书也非常完备,实在是观赏艺文者的神秘园地。过去蔡中郎得到王仲任的《论衡》一书,把它秘藏起来,作为谈论学问的助力。王朗得到《论衡》,到了许下,别人都夸赞他才华高人一等。我得到陶谷的这本书,也算是符合上面这些话的意思了。

隆庆壬申春日河间俞允文撰

附：

王凤洲来翰①云:"仆②向有《清异录》,意欲梓③行,得足下先之④,是艺苑中髡孟不落莫矣⑤。"

【译】王凤洲来信说:"我有《清异录》一书,想刊行,却被您先做到了,这样文艺园地中的趣闻轶事就不会寂寞冷落了。"

---

① 翰:毛笔。引申为文词。这里指书信。
② 仆:自称谦词。
③ 梓(zǐ)行:印刷传布。梓,雕制印书的木板。引申为印刷。
④ 得足下先之:得知先生先我而作了。
⑤ 是艺苑中髡(kūn)孟不落莫矣:这样文艺园地中的趣闻轶事就不会寂寞冷落了。髡,指淳于髡,战国齐人。孟,指优孟,战国楚人。二人均入《史记·滑稽列传》,均属风趣人物。落莫,寂寞冷落。

馔羞门（三十九事）

无心炙①

段成式②驰猎③，饥甚。叩村家④。主人老姥出彘臛⑤，五味不具⑥。成式食之，有喻五鼎⑦。曰："老姥初不加意⑧，而珍美如此。"常令庖人具此品⑨，因呼"无心炙。"

【译】段成式骑马出去打猎，非常饿。他敲开一户农村人家。主人是位老婆婆，拿出猪肉羹，调料都不齐全。成式吃了，觉得滋味胜过高级的美食。他说："老婆婆本来不是精心烹制的，可是味道却这么好。"后来他经常叫厨师烹制这道菜，管它叫"无心炙"。

---

① 无心炙（zhì）：无意中做成的食品。炙，烤。有时也用以指煎煮烧炸等。

② 段成式：唐文学家。字柯古，临淄（今山东淄博）人。曾为秘书省校书郎，官至太常少卿。家中藏书甚多，博闻强记多华艳。清人辑有《段成式集》。著有《酉阳杂俎》。

③ 驰猎：骑马打猎。

④ 叩村家：意为敲打乡村人家门户，求取食物。叩，敲；打。

⑤ 老姥出彘（zhì）臛（huò）：老妇人端出猪肉羹。老姥，老妇人。彘臛，猪肉羹。

⑥ 五味不具：调料不齐备。五味，一般指甜、酸、苦、辣、咸五种味道。也泛指各种味道。这里引申为各种调料。

⑦ 有喻（yù）五鼎：胜过高贵的食品。喻，同"逾"，越过。五鼎，取意于"五鼎食"。古代祭礼，大夫用五鼎盛羊、豕（shī）、肤（fū，同"肤"，细切的肉）、鱼、腊（干肉）。后因而用"五鼎"指贵族官僚享用之高贵食品。

⑧ 初不加意：原来并非精心烹制。

⑨ 常令庖人具此品：常常叫厨师烹制这种食品。庖人，厨师。

莲花饼馅

郭进①家能作莲花饼馅。有十五隔者,每隔有一折枝莲花,作十五色②。自云:"周世宗③有故宫婢流落④,因受雇于家。婢言宫中人,号'蕊押班'"。

【译】郭进家能做莲花饼馅。一共十五个格子,每个格子里有一朵折枝莲花,分成十五种颜色。他自己说:"有一位从周世宗宫里流落出来的婢女,被我家雇了。婢女说是宫里的人,称号为'蕊押班'"。

缕子脍

广陵法曹⑤宋龟⑥造缕子脍⑦,其法用鲫鱼肉、鲤鱼子,以碧笋⑧或菊苗⑨为胎骨⑩。

【译】广陵的法曹宋龟做鱼肉酱,他的方法是用鲫鱼

---

① 郭进:五代后周末宋初博野县人。初仕周,任洛州团练使。入宋,有战功。后被田钦祚(zuò)陷害,自缢死。

② 作十五色:呈现出十五种颜色。

③ 周世宗:五代时后周太祖郭威的养子。姓柴名荣。即位后继郭威对政治有所改革。在位六年。年号显德。亦称"柴世宗"。

④ 有故宫婢流落:有原来宫里的婢女流落在外。

⑤ 法曹:主管地方司法工作的官员。

⑥ 宋龟:人名。

⑦ 缕子脍(kuài):鱼肉酱。脍,亦作"鲙",细切的鱼肉,特指生食的鱼片。

⑧ 碧笋(sǔn):碧绿的竹笋。笋,同"笋"。

⑨ 菊苗:菊之幼苗。可食。《瓜蔬疏》:"百草中,可食者最多。荠菜、枸杞苗、五加芽,草中之美味。菊苗亦佳。"

⑩ 胎骨:中心;基础;底子。此处指用以垫托菜肴的底子菜。

肉、鲤鱼籽做，以碧绿的竹笋或者菊苗垫底。

自然羹

蜀中有一道人卖自然羹。人试买之。盌^①中二鱼，鳞鬣^②肠胃皆在。鳞上有黑纹，如一圆月。汁如淡水。食者旋剔^③去鳞肠，其味香美。有问："鱼上何故有月？"道人从中倾出，皆是荔枝仁，初未尝有鱼并汁^④。笑而急走。回顾云："蓬莱月，也不识！"明年时疫^⑤，食羹人皆免。道人不复再见。

【译】蜀地有一个道人卖自然羹。有人试着买了。碗里有两条鱼，鳞鳍肠胃都在。鳞上有黑纹，像一盘圆月。汤汁像水一样淡。吃的人随即剔除鳞和肠子，尝后觉得味道鲜美。有人问："鱼上为什么会有圆月？"道人将碗里的东西倒出来，都是荔枝仁，原来并未有鱼和汁。道人笑着跑开。回头说："蓬莱的月都不认识！"第二年发生瘟疫，吃羹的人都没生病。以后没人再见过道人。

---

① 盌（wǎn）：同"碗"。

② 鬣（liè）：指鱼颔（下巴）旁的小鳍。

③ 旋剔：随即剔除。旋，随即。剔，除。

④ 初未尝有鱼并汁：原来并未有鱼和汁。

⑤ 明年时疫：第二年流行疫症。

赤明香

赤明香，世传仇士良①家脯名也。轻薄、甘香、殷红、浮脆，后世莫及。

【译】相传仇士良家里有一种肉干叫赤明香，很有名。轻薄、甘香、殷红、浮脆，后人做的没有比得上他的。

玲珑牡丹鲊②

吴越有一种玲珑牡丹鲊。以鱼叶③鬥④成牡丹状。既熟，出盎⑤中，微红，如初开牡丹。

【译】吴越当地有一种玲珑牡丹鲊。用鱼片摆成牡丹的形状。等熟了，放到盘中，微红，就像刚刚盛开的牡丹花。

五福饼

汤悦逢士人于驿舍⑥。士人揖食⑦。其中一物是炉饼⑧，

---

① 仇士良：字匡美。唐代宦官，循州兴宁（今广东省兴宁县）人。历任内外五坊使、左神策军中尉等职。其人横暴贪残，唐文宗曾受他的控制。在职二十余年，先后杀害两个王子、一个妃子、四个宰相。

② 鲊（zhǎ）：经过加工的鱼类食品。制作的方法大体是：将鱼切成薄片，加盐、酒、香料腌制后，与蒸熟的凉米饭隔层装缸发酵而成。也有不装缸发酵的。

③ 鱼叶：鱼片。

④ 鬥（dòu）：同"斗"，拼合。

⑤ 盎：一种腹大口小的盛器。

⑥ 驿舍：古时供传递公文的人或来往的官员暂住、换马的处所。

⑦ 揖食：拱手邀请进食。揖，拱手施礼。

⑧ 炉饼：即今之烧饼。

各五事①。细味之②,馅料一。不可晓③。以问士人。笑曰:"此五福饼也。"

【译】汤悦在驿舍碰到士人。士人邀请他一起吃饭。其中有一种食品为烧饼,有五种样式。仔细品尝,馅料都一样。汤悦不理解。就问士人。士人笑着说:"这是五福饼。"

辋川④小样

比丘尼梵正⑤,庖制精巧⑥。用鲊、鲈脍⑦、脯、盐酱瓜蔬⑧,黄赤杂色,斗成景物。若坐及二十人⑨,则人装一

---

① 五事:五件。此处似指五种样式。

② 细味之:仔细地品尝它。

③ 不可晓:意即不可理解。晓,明白。

④ 辋(wǎng)川:地名。西安附近的名胜区之一。位于西安市东南五十五公里的蓝田县南。因诸谷水汇合如车辋形,故名。为唐代宋之问和著名山水诗人、画家王维的别墅所在地。川中有王维曾游居之著名景区白石滩、竹里馆、鹿柴等二十处。

⑤ 比丘尼梵正:法号叫梵正的尼姑。比丘尼,佛教名词。佛家出家五众之一。指受具足戒的女性,俗称尼姑。

⑥ 庖制精巧:制作食品技术精巧。

⑦ 鲈脍:用鲈鱼制作的脍。即生鱼片。鲈,鱼名。体延长,侧扁,大者可至二尺。口大,下颌突出。银灰色,背部和背鳍有黑斑。栖息于近海,也进入淡水,早春在咸淡水交界的河口产卵。为常见食用鱼类之一。

⑧ 盐酱瓜蔬:用盐和酱腌制的瓜类和蔬菜。

⑨ 若坐及二十人:如果(筵席上)坐够二十人。因王维当年在辋川游居的著名景区有二十处,辋川图景也为二十处,故特言"二十人"。

景①，合成辋川图②小样③。

【译】比丘尼梵正，制作食品的技术精巧。可以用鲊、鲈脍、脯、腌渍的瓜果和蔬菜，搭配好颜色，拼摆成各种景物。如果客人有二十人，就每个人面前拼装成一个景致，合在一起成为微缩的辋川图。

逍遥炙

睿宗④闻金仙、玉真公主⑤饮素⑥，日令以九龙食舉⑦装逍遥炙赐之。

【译】睿宗听说金仙、玉真两位公主吃素，每天命人用一种有九龙装饰的盛载食物的车子装上逍遥炙赏赐给她们。

---

① 则人装一景：就给每人拼装一景。

② 辋川图：唐时，王维曾亲手画有《辋川图》，早已失传。后人曾有仿画。现蓝田县文化馆存有清代熊墨樵摹郭潄六所临王维真本的《辋川图》石碑。

③ 小样：缩小的图样。

④ 睿宗：唐代皇帝李旦之庙号。其在位三年（公元710—712年）。

⑤ 金仙、玉真公主：均为睿宗之女。二人皆为道士，筑观京师长安。

⑥ 饮素：吃素。饮，指饮食。

⑦ 九龙食舉（yú）：一种有九龙装饰的运载食品的车子。舉，同"舆"。本谓车厢，因即指车。

单笼金乳酥

韦巨源①拜尚书令②,上烧尾食③,其家故书中尚有食帐。今择奇异者略记。

单笼金乳酥④(是饼。但用独隔通笼,欲气隔);

曼陀样夹饼(公厅炉)⑤;

巨胜奴(酥蜜寒具)⑥;

贵妃红⑦(加味红酥);

婆罗门轻高面⑧(笼蒸);

---

① 韦巨源:唐京兆万年(今陕西西安)人。武后时,以夏官侍郎同凤阁鸾台平章事。神龙初,累迁侍中、中书令,进封舒国公。景龙三年(公元709年),拜尚书左仆射。

② 尚书令:官名。始于秦,西汉沿置,本为少府的属官,掌章奏文书。汉武帝以后职权渐重。东汉时,尚书令成为直接对君主负责总揽一切政令的首脑。到魏晋以后,事实上即为宰相。唐初秦王(唐太宗)曾任其职,其后不置,故唐代尚书省长官仅有左右仆射。此处尚书令实为尚书左仆射。

③ 上烧尾食:唐时大臣初拜官,要向皇帝进献食品,名为"烧尾"。"烧尾"一词出自"鱼跃龙门"的典故。龙门,在今陕西省韩城县和山西省河津县之间,两岸峭壁对峙,形如门阙,故名。据说,每年春季,黄河鲤鱼溯水而上,龙门水猛浪急,难以逾越。有能跃过龙门者,即有云雨随之,天火自其后烧其尾,从而转化为龙。旧时称皇帝为"真龙天子","烧尾"即献媚取宠于皇帝之词。

④ 单笼金乳酥:一种用酥油作配料的蒸饼。单笼,即独隔通笼。金乳,即黄色酥油。

⑤ 曼陀样夹饼:夹馅,形状象曼陀罗蒴果的烤饼。曼陀,即曼陀罗。亦称"风茄儿"。茄科,一年生草本。夏秋开花。蒴果卵圆形,熟时四瓣裂。花、叶和种子可入药。公厅炉:一种烤炉。

⑥ 巨胜奴:一种用酥油、蜜水和面,外粘黑芝麻的油炸食品。巨胜,胡麻黑者名巨胜。寒具:类似今麻花、馓子的面食品。

⑦ 贵妃红:一种色红味浓的酥饼。贵妃,次于皇后的妃嫔称号。

⑧ 婆罗门轻高面:可能是由印度传入的一种发酵馒头,或虚糕之类的蒸饼。婆罗门,古国名,指印度。

御黄王母饭（徧镂印脂盖饭面，装杂味）①；

七返膏②（七卷作圆花。恐是糕子）；

金铃炙（酥搅印脂。取真）③；

光明虾炙④（生虾可用）；

通花软牛肠（胎用羊膏髓）⑤；

生进二十四气馄饨⑥（花形馅料各异，凡廿四种）；

生进鸭花汤饼（厨典入内下汤）⑦；

同心生结脯⑧（先结后风干）；

---

① 御黄王母饭：一种上浇油脂和菜肴的黄米蒸饭。类似现在的盖浇饭。御，对帝王所用之物的敬称。王母，即西王母，神话人物。旧时民间将其作为长生不老的象征。镂：雕刻镂空。印脂：一种油脂。装杂味：加上多味菜肴。

② 七返膏：疑是用极软的面团夹层翻卷、切断，呈圆花状的松软蒸糕。七返，反复折卷七次。

③ 金铃炙：一种原料中加酥油，色形如金铃的烤制品。取真：取其逼真。

④ 虾炙：烤虾或煎虾。

⑤ 通花软牛肠：当是一种用羊骨髓和其他辅料装入牛肠制成的类似香肠之类的食品。胎：胚胎。此处指装入牛肠的原料。膏髓：骨髓。

⑥ 二十四气馄饨：二十四种花形、馅料各异的馄饨。气，气味。

⑦ 鸭花汤饼：做成鸭状花形的汤饼。汤饼，汤煮的面食。欧阳修《归田录》卷二："汤饼，唐人谓之不托，今俗谓之馎（bó）饦（tuō）矣。"《齐民要术》卷九《饼法》："馎饦，授（nuó，揉搓）如大指许，二寸一断，著水盆中浸，宜以手向盆旁授使极薄，皆急火逐沸熟煮。"厨典入内：掌厨的人进入官廷。下汤：下到汤里。

⑧ 同心生结脯：把生肉先打成结子再风干而成的肉脯。同心结，用锦带打成的连环回文式样的结子。脯，干肉。

见风消①（油浴饼）；

冷蟾儿羹②（蛤蜊）；

唐安餤③（鬥花）；

金银夹花平截④（剔蟹细碎卷）；

火焰盏口䭔⑤（上言花，下言体）；

水晶龙凤糕⑥（枣米蒸。方破见花乃进）；

双拌方破饼⑦（饼料花角）；

---

① 见风消：《遵生八笺》有"风消饼方"，或即此饼。做法："用糯米二升，捣极细为粉，作四分。一分作烊，一分和水作饼，煮熟，和见在二分粉、一小盏蜜、半盏正发酒醅、两块白饧（古"糖"字）同顿溶开，捏作春饼样薄皮（破不妨），熬（同"鏊"）盘上煿（同"爆"）过，勿令焦。挂当风处。遇用，量多少（按需要多少）猪油中炸之。炸时用筯（zhù）拨动。另用白糖、炒面拌和得所，生麻布擦细糁饼上。"

② 冷蟾儿羹：蛤蜊羹冷却后凉食。

③ 唐安餤（dàn）：一种拼凑成花形的饼。唐安，唐代县名。故城在今四川崇庆县东南。此饼名之唐安餤，或系该地有独特风味之饼。餤，饼。

④ 金银夹花平截：一种将蟹黄、蟹肉铺置擀开的面团，卷成圆卷后再切为大小相等的小段，横断面显现黄白花纹或花点的糕点。平截，平切。

⑤ 火焰盏口䭔（duī）：上部呈火焰形花样，下部形似浅杯的小蒸饼。焰，同"焰"。䭔，蒸饼的别称。

⑥ 水晶龙凤糕：用糯米和枣蒸制的糕点。蒸至米破爆花即可进食。糕亮如水晶。龙凤当指枣所呈图案。

⑦ 双拌方破饼：用两种原料拌和制成的花形饼。双拌，用两种原料掺拌。方破，疑是一种制饼技法。

玉露团（雕酥）①；

汉宫棋（二钱能。印花煮）②；

长生粥③（进料）；

天花饆饠（九练香）④；

赐绯含香粽子⑤（蜜淋）；

甜雪⑥（蜜爁⑦太例⑧面）；

八方寒食饼⑨（用木范）；

素蒸音声部⑩（面蒸。像蓬莱仙人，凡七十事）；

---

① 玉露团：疑是用玉露霜制成的松酥糕团。《遵生八笺》卷十三《升炼玉露霜方》："用真豆粉半斤，入锅火焙无豆腥。先用干净龙脑、薄荷一斤，入甑中，用细绢隔住，上置豆粉，将甑封盖。上锅蒸至顶热甚，霜以成矣。收起霜粉，每八两配白糖四两、炼蜜四两，拌匀，捣腻印饼。或丸含之，消痰降火。更可当茶，兼治火症。"雕：指以雕刻木模印花。

② 汉宫棋：做成双钱形的棋子，上边印花，为一种煮着吃的面食。能：通"态"。

③ 长生粥：或指用外邦或臣属进贡的营养物料所熬米粥。

④ 天花饆（bì）饠（luó）：一种用天花菜加香料做馅的面食品。天花，即"天花菜"。亦名"天花蕈（xùn）"。《本草》"天花菜"集解："天花菜出山西五台山，形如松花而大，香气如蕈，白色，食之甚美。"饆饠，一种类似包子的有馅儿面食。九练香：一种经过多道工序精细提炼的香料。

⑤ 赐绯含香粽子：内含香料、外淋红色蜂蜜的粽子。赐绯，此处是对红色粽子的美喻。

⑥ 甜雪：一种加蜜烤制的面食。雪，脆如凌雪之意。

⑦ 爁（lǎn）：烤炙。

⑧ 太例面：即大例面。大例，惯例；常例。

⑨ 八方寒食饼：用木范制成的八角形饼。八方，借指八角形。寒食，节令名，清明前一天（一说清明前两天）。相传是为悼念介子推抱木焚死，是日禁火寒食。

⑩ 素蒸音声部：塑造如蓬莱仙女，分别包有各种蔬果馅儿的面蒸歌女群。共七十件。素，蔬果类食品。音声部，歌女群。盛唐时，宫内乐人、歌女皆称为音声人。蓬莱：传说仙人所居山名，在渤海中。事：件。

白龙臞（治鳜肉）①；

金粟平䭔②（鱼子）；

凤凰胎（杂治鱼白）③；

羊皮花丝④（长及尺）；

逡巡酱⑤（鱼羊体）；

乳酿鱼⑥（完进）；

丁子香淋脍（腊别）⑦；

葱醋鸡⑧（入笼）；

吴兴连带鲊⑨（不发缸）；

西江料（蒸彘肩屑）⑩；

---

① 白龙臞（huò）：用鳜鱼做的肉羹。鳜：亦称"桂鱼"。

② 金粟平䭔：外敷鱼籽的平面蒸饼。金粟，喻鱼籽色黄如金，小如粟粒。

③ 凤凰胎：旧时菜肴常有称鸡为凤者。凤凰胎疑为在鸡肚子里尚未成熟的鸡蛋，与鱼白拌和而烹制的菜肴。鱼白：鲤鱼、黄鱼的胰脏。

④ 羊皮花丝：疑是羊胃肚丝。牛羊胃（百叶）古称"脆"，与"皮"同音，故"羊皮"或即指羊肚。花丝，言羊肚切成细长之丝。

⑤ 逡（qūn）巡酱：用鱼、羊肉制成的肉酱。逡巡，顷刻；须臾。鱼、羊肉均鲜嫩之物，顷刻可就。

⑥ 乳酿鱼：用乳汁酿制的全鱼。陕西西安现犹有"奶汤锅子鱼"，当为其演变者。

⑦ 丁子香淋脍：一种上淋丁香油的腌制鱼脍或肉脍。丁子香，即"丁香"。常绿乔木。由花蕾制成的丁香油，为重要香料。腊：腌制。

⑧ 葱醋鸡：加葱、醋入笼蒸制的全鸡。

⑨ 吴兴连带鲊：用吴兴鲤鱼未经装缸发酵制作的一种鱼鲊。吴兴，郡名。在浙江省北部。吴郡进贡的鲤鲊特佳。

⑩ 西江料：疑是用西江猪的夹心肉剁碎蒸制的肉丸。西江，珠江干流。在广东省西部。彘（zhì）：猪。肩屑：用猪前蹄上部的"夹心肉"剁成的肉屑。

红羊枝杖（蹄上栽一羊，得四事）①；

升平炙（治羊、鹿舌拌，三百数）②；

八仙盘③（剔鹅作八付）；

雪婴儿（治蛙、豆英贴）④；

仙人脔（乳瀹鸡）⑤；

小天酥⑥（鸡、鹿、糁拌）；

分装蒸腊熊⑦（存白）；

卯羹⑧（纯兔）；

清凉臛碎⑨（封狸肉夹脂）；

---

① 红羊：古人迷信，以为丙午、丁未两年为国家发生灾祸的年份。丙丁为火，色红；未为羊，因称国家大乱为红羊劫。红羊即指此。枝：有肢体、小柱、支持诸意。杖：扶持。蹄上栽一羊，得四事：可能指四只羊蹄撑一羊体。故"红羊枝杖"可能即"烤全羊"。食此羊取消灾灭祸之意。

② 升平炙：用羊、鹿舌拌和制成的一种精细菜品。三百数：或指每盘盛装炙品件数。

③ 八仙盘：将鹅剔骨后切成八份装盘上席的一道菜。

④ 雪婴儿：将蛙整治剥皮后粘裹精豆粉，下锅煎贴而成的菜肴。色白如雪，形似婴儿。豆英：精细豆粉。

⑤ 仙人脔（luán）：用乳汁煨炖的鸡块。脔，切成块的肉。瀹（yuè）：以汤煮物。

⑥ 小天酥：用鸡、鹿肉剁成碎粒，拌上碎米烹制的菜肴。

⑦ 分装蒸腊熊：将腌好的熊肉或熊掌装盆入锅蒸制的菜肴。腊熊指腊月或冬天腌制的熊肉。

⑧ 卯羹：兔羹。卯，地支的第四位。十二属相中，卯代表兔。

⑨ 清凉臛碎：加狸肉于肉羹中，冷却后切碎凉食的冻肉。臛碎，肉羹晾凉，切碎。狸：即狸猫。亦称豹猫、狸子、山猫。体大如猫，浅棕色，有褐色斑点。栖息山林、草丛间，以鸟类为食，也吃鼠、蛇、蛙等。

筋头春①（炙活鹌子）；

暖寒花酿酻蒸②（耿烂）；

水炼犊③（炙尽火力）；

五生盘④（羊、豕、牛、熊、鹿并细治）；

格食（羊肉肠脏缠豆荚各别）⑤；

过门香⑥（薄治群物入沸油烹）；

红罗飣（膋血）⑦；

缠花云梦肉（卷镇）⑧；

徧地锦装鳖（羊脂、鸭卵脂副）⑨；

---

① 筋头春：切成筷子头大的烤或煎炸的鹌鹑菜肴。

② 暖寒花酿酻蒸：蒸得极烂的糟驴肉。暖寒，消寒。《开元天宝遗事》："巨豪王元宝，每至冬月大雪之际，令仆夫自本家坊巷口扫雪为径路，躬亲立于坊巷前，迎揖宾客，就本家具酒炙宴乐之，为煦寒之会。"花酿，绍兴"花雕（黄酒）"酿制。酻，《中华大字典》无此字。陈、李本均作"驴"。从之。

③ 水炼犊：清炖牛犊肉。犊，小牛。

④ 五生盘：用羊、猪、牛、熊、鹿五种肉细切的脍拼制的花色冷盘。

⑤ 格食：用切好的羊肉及其肠脏分别裹上豆粉烤制的食品。格，古时一种极残酷的刑具。高诱："格以铜为之，布火其下，以人置上，人烂堕火而死。"缠：围绕。

⑥ 过门香：用切得很薄的数种原料入油急炸的食物，用来形容食品之香气四溢。

⑦ 红罗飣（dìng）：用网油缠裹其他原料制成的一种五色小饼。罗，丝织物类名。花纹美观雅致，有排孔，能透气。飣，即"餖（dòu）飣"，今"饾飣"，一种用刻花木模按制的五色小饼。膋（liáo）血：肠部的脂肪，或说即网油。

⑧ 缠花云梦肉：即现在的"肘花"。用布将腌好的肘肉卷压坚实，用麻绳缠捆，下酱汤中煮熟后切片凉食。肘花切开后，横断面有云波状花纹。缠，扎束；围绕。云梦，本古泽薮（聚水的洼地）名。这里是指云波状花纹。镇：压。

⑨ 徧地锦装鳖：用羊脂和鸭蛋脂作副料烹制的甲鱼。锦装，华美的装饰，涵本原注是脂鸭卵脂副，疑有误。陈、李本均为羊脂鸭卵脂副，按陈、李本校改。鸭卵脂：鸭蛋黄。

蕃体间缕宝相肝（盘七升）①；

汤浴绣丸②（肉糜治，隐卵花）；

【译】（略）

食经

谢讽③《食经》中略抄五十三种④：

北齐武威王生羊脍；

细供没葱⑤羊羹；

急成小餤；

飞鸾脍⑥；

咄嗟脍；

剔缕鸡；

爽酒十样卷生；

龙须炙；

---

① 蕃体间缕宝相肝：用宝相花炮制后切丝，与切好的冷肝间层盛装的冷盘。蕃，通"藩"，屏。蕃体，即"千瓣塞心"的屏结体。间缕，隔层置放的花丝。宝相，花名，蔷薇属。《遵生八笺》云：蔷薇"喜屏结"。又"宝相花：花较蔷薇朵大而千瓣塞心，有大红、粉红两种。"盘七升：叠装七层。

② 汤浴绣丸：用碎肉和鸡蛋做的大如绣球的丸子。形似现在的"狮子头"。汤浴，当是用开水余成或汤煨制而成。

③ 谢讽：曾任隋炀帝的尚食直长。

④ 《食经》中略抄五十三种：陶谷抄录的这五十三种食品，只是菜点名称，难以详考其用料及做法，故除个别可见得参考资料者加以引注外，其余均未作注。

⑤ 葱：这里"葱"作"忽"。

⑥ 飞鸾脍：用一种带鸾铃的刀，将鱼片切得似雪片一样薄，纷纷飞落盘中。杜甫有"饔（yōng）子左右挥霜刀，脍飞金盘白雪高"的诗句。

千金碎香饼子；

花折鹅糕；

修羊宝卷；

交加鸭脂；

君子饤；

越国公①碎金饭；

云头对炉饼；

剪云析鱼羹；

虞公②断醒鲊；

紫龙糕；

鱼羊仙料；

春香泛汤；

十二香点臁；

象牙鎚；

滑饼③；

金装大量黄艾炙；

---

① 越国公：指隋大臣杨素。因功封越国公。

② 虞公：即虞悰（公元435—499年）。南齐余姚人。历官蜀郡太守、侍中、度支尚书、右军将军。悰家善为滋味，武帝守求诸饮食方，悰秘不肯出。后帝醉，体不快，悰乃献醒酒鲭鲊一方。

③ 滑饼：《遵生八笺》有："水滑面法：用十分白面揉搜成剂，一斤作十数块，放在水内候其面性；发得十分满足，逐块抽拽下汤煮熟。抽拽得阔薄，乃好麻腻、杏仁腻、酉咸笋干、酱瓜、糟茄、姜、腌韭、黄瓜丝作头。或加煎肉尤妙。"滑饼，或即指水滑面。

汤装浮萍面；

白消熊；

帖乳花面英；

加料盐花鱼屑；

专门脍；

拖刀羊皮雅脍；

折箸羹；

朱衣餤；

香翠鹑羹；

露浆山子羊蒸；

千日酱；

加乳腐；

金丸玉菜腥鳖；

天孙脍；

添酥冷白寒具；

暗装笼味；

高细浮动羊；

乾坤夹饼；

干炙满天星；

含酱饼；

撮高巧装檀样饼；

杨花泛汤糁饼；

天真羊脍；

鱼脍永加王特封①；

烙羊成美公；

藏蟹含春侯（二名如上注）；

新治月华饭；

无忧腊；

连珠起肉。

【译】（略）

糟蟹、糖蟹

炀帝②幸③江都④，吴中⑤贡糟蟹、糖蟹。每进御⑥，则旋洁拭壳面⑦，以金缕龙凤花⑧云贴⑨其上。

【译】隋炀帝到江都，吴中进贡糟蟹、糖蟹。每次奉上的时候，就随即将蟹壳面上揩拭干净，用金纸剪成的龙凤花贴在壳上。

---

① 永加王特封：此五字似系注解。正文中的"二名如上注"即指此注。

② 炀帝：指隋炀帝杨广。

③ 幸：皇帝驾临。

④ 江都：郡名。隋大业初改扬州设置江都，治所在今扬州市。隋炀帝在这里大筑宫苑，定为行都。

⑤ 吴中：地名。鲎泛指春秋时吴国的地方；棱旧时对吴郡或苏州的别称。

⑥ 御：奉。

⑦ 则旋洁拭壳面：就随即将蟹壳面上揩拭干净。旋，随后；不久。

⑧ 金缕龙凤花：用金纸剪成的龙凤花。缕，线状物。这里指龙凤花的线条。

⑨ 云贴：密密地粘贴。

消灾饼

僖宗幸蜀①，乏食②，有宫人出方巾所包面半升许，会村人献酒一提，偏用③酒溲面④，煿⑤饼以进，嫔嫱⑥泣奏曰："此消灾饼，乞强进半枚⑦。"

【译】僖宗到了四川，没有吃的，有宫女拿出用方巾包的半升面，找附近村人要了一提酒，不按常规地用酒和面，烤成饼呈进给他，嫔嫱哭着说："这是消灾饼，您勉强吃半个吧。"

滹沱⑧饭

光武⑨在滹沱，有公孙⑩豆粥之荐⑪。至今西北州县有号粥为滹沱饭者。

---

① 僖宗幸蜀：唐僖宗李儇到四川。

② 乏食：没有东西可吃。李儇因黄巢起义军攻占长安，狼狈逃往四川，故有"乏食"之事。

③ 偏用：不按常规地使用。涵芬楼本作"匾用"，今据陈、李本改。

④ 溲（sōu）面：和面。

⑤ 煿（bó）：同"爆"。这里作烘烤解。

⑥ 嫔（pín）嫱（qiáng）：泛指宫中的女官。

⑦ 乞强进半枚：请求李儇勉强吃半块。

⑧ 滹（hū）沱（tuó）：河名。源出山西省五台山东北泰戏山，穿割太行山东流入河北平原，在献县和滏阳河汇合为子牙河。

⑨ 光武：指东汉光武帝刘秀。公元25—57年在位。

⑩ 公孙：《仪礼·丧服》："诸侯之子称公子，公子之子称公孙。"后来用作对官僚子弟的通称。

⑪ 豆粥之荐（jiàn）：进献豆粥。荐，同"荐"。

【译】光武帝在滹沱的时候，有官僚子弟进献豆粥。至今西北州县都有把粥叫作滹沱饭的。

学士羹

窦俨①尝病目②，几丧明③，得良医愈之。劝令频食羊眼。俨遂终身食之。其家名"双晕羹"，世人有呼"学士羹④"者。

【译】窦俨曾经得了眼病，几乎失明，后遇到良医给医治好了。医生劝他要经常吃羊眼。于是窦俨就终生都吃羊眼羹。他家里称它为"双晕羹"，人们又叫它"学士羹"。

道场羹⑤

江南仰山⑥善作道场羹，脯⑦、麵⑧、蔬、筍⑨，非一物⑩也。

【译】江南仰山善于制作道场羹，即道士诵经行道时喝的羹汤。内有蜜饯、面、蔬菜、竹笋（配料十分丰富），不

---

① 窦俨：字望之，五代时人。后晋天福年间中进士，后周显德年间拜翰林学士。宋初转礼部侍郎。

② 尝病目：曾患眼病。

③ 几丧明：几乎失明。

④ 学士羹：因窦俨曾拜翰林学士，所以人们把他终生常吃的羊眼羹叫作"学士羹"。

⑤ 道场羹：道士诵经行道时饮用的羹汤。道场，佛教礼拜、诵经、行道的场所。

⑥ 仰山：人名。即唐高僧彗寂。唐末居袁州（在今江西境内）仰山，故别号仰山。

⑦ 脯：此处指蜜饯的干果。

⑧ 麵（miàn）：同"面"。

⑨ 筍（sǔn）：竹筍，即竹笋。

⑩ 非一物也：不是仅用一种东西。

是仅用一样东西制作的。

清风饭

宝历①元年，内出②清风饭制度，赐御庖令造进③。法④用水晶饭⑤、龙睛粉⑥、龙脑⑦末、牛酪浆⑧调事毕⑨，入金提缸⑩垂下冰池，待其冷透供进。惟大暑方作。

【译】宝历元年，宫里订出清风饭的制作方法，把这方法教给御厨，指示御厨制作进献。方法是用糯米蒸饭，加入龙睛粉、冰片末、牛酪浆调和完毕，放入可提的金缸并垂到冰池里，等冷透了取出食用。只有大暑的天气才制作。

法乳汤

明宗⑪在藩不妄费⑫，尝召幞属⑬论事，各设法乳汤半

---

① 宝历：唐敬宗李湛年号（公元825—826年）。

② 内出：宫内订出。内，宫内。

③ 赐御庖令造进：指示御厨制作进献。

④ 法：方法。

⑤ 水晶饭：糯米蒸饭。

⑥ 龙睛粉：制法不详。龙睛，或即"龙眼"；俗称"桂圆"。

⑦ 龙脑：用龙脑树干中的树胶制成的一种结晶体，莹白如玉，俗称"冰片"。

⑧ 牛酪浆：用牛乳炼制成的糊状物。

⑨ 调事毕：调和完毕。调，调治；拌和。

⑩ 入金提缸：盛入可以提携的金缸。

⑪ 明宗：指后唐李嗣（sì）源。公元926—933年在位。藩：指藩镇。庄宗时，嗣源曾任刺史、节度使等职。

⑫ 不妄费：不胡乱花费。

⑬ 幞（mù）属：即幕僚。幞，"幕"的异体字。

盏，盖罌①中粟所煎者。

【译】明宗当藩王的时候从不浪费食物，有一次召集幕僚议事，每人给半碗法乳汤，就是在盛酒器里面放入用粟煎的食物。

同阿饼

天成中②，帝③令作同阿饼。法用碎肉与麫溲和如臂④，刀截，每只三寸厚，蒸之。

【译】天成年间，皇帝下令制作同阿饼。方法是用碎肉与面和在一起，搓成胳膊那样粗的条子，用刀切断，每只三寸厚，蒸熟。

转身米

贵有力者⑤治饭材⑥，舂捣⑦簸汰⑧，但中心一颗存焉。俗谓之转身米。

【译】有钱人家加工米谷，用杵臼捣去谷物的皮壳并淘洗干净，但中心常保留一颗。俗称转身米。

---

① 罌（yīng）："罂"的异体字。盛酒器，小口大腹。
② 天成中：天成年间。天成，五代时后唐明宗李嗣源年号之一，公元926—929年。
③ 帝：即指后唐皇帝李嗣源。
④ 法用碎肉与麫（miàn）溲（sōu）和如臂：方法是用碎肉与面和在一起，搓成胳膊那样粗的条子。
⑤ 贵有力者：富贵人家。
⑥ 治饭材：加工米谷。
⑦ 舂（chōng）捣：用杵臼捣去谷物的皮壳。
⑧ 汰：荡涤。即淘洗。

双弓米

单公洁①,阳翟②人。耻言贫。尝有所亲访之,留食糜,慙于正名③,但云啜④少许双弓米。

【译】单公洁是阳翟人。他认为说自己穷是一件很羞耻的事。曾经有亲戚来访,留下来吃粥,不好意思说出它的正式名称——粥,只是说喝双弓米。

麦穗生

吴门⑤萧琎⑥,仕至太常博士⑦。家习庖馔,慕虞悰、谢讽之为人。作卷子生⑧,止用肥羜⑨包卷,成云样,然美观而已。别作散飣⑩麦穗生⑪,滋味殊冠。

【译】吴门的萧琎,官做到太常博士。他在家里练习烹饪,仰慕虞悰、谢讽的为人。制作卷子生,只用肥嫩的小羊肉包卷,卷成云的样子,只是美观罢了。另外他所制作的散

---

① 单公洁:人名。

② 阳翟:古县名。秦置。治所在今河南禹县。

③ 慙(cán)于正名:不好意思说出它的正式名称——粥。慙,"惭"的异体字。

④ 啜(chuò):喝。

⑤ 吴门:苏州的别称。

⑥ 萧琎:人名。身世不详。

⑦ 太常博士:官名。

⑧ 卷子生:食品名。

⑨ 羜(zhù):出生五个月的小羊。

⑩ 散飣:疑是一种小饼。

⑪ 麦穗生:小饼的名称。

饤麦穗生，味道可以说是绝无仅有。

邹平公食宪章①

段文昌②丞相，尤精馔事。第中庖所③榜④曰："鍊⑤珍堂⑥"。在涂⑦号"行珍馆⑧"。家有老婢掌之，以修变之法⑨指授⑩女仆。老婢名膳祖。四十年阅百婢，独九者可嗣法⑪。文昌自编食经⑫五十卷，时称《邹平公食宪章》。

【译】段文昌丞相，尤其精通饮食烹饪。家里的厨房门上的额匾写着："鍊珍堂"。在路上的临时厨房叫"行珍馆"。他家里有一个年老的婢女掌管做饭，段文昌把烹饪的技法都传授给她。老婢名字叫膳祖。她在四十年间教过近百个婢女，只有九个人可以继承她的技法。文昌自己编写了

---

① 邹平公食宪章：唐时人们对段文昌所编的《食经》的别称。因段文昌被封为邹平郡公，故名。

② 段文昌：唐代，山东临淄人。元和年间为翰林学士。唐穆宗时任中书侍郎、同中书门下平章事、出为剑南西川节度使。唐文宗即位，为检校械仆射。

③ 第中庖所：府里的厨房。

④ 榜：木牌；匾额。

⑤ 鍊（liàn）：通"炼"。下苦功夫，精益求精的意思。

⑥ 珍堂：意思是精制珍贵食品的场所。珍，珍贵的食品。

⑦ 在涂：即在路途中。涂，通"途"。

⑧ 行珍馆：指在行路途中制作珍贵食品的地方。

⑨ 修变之法：这里指烹饪之法。

⑩ 指授：指点传授。

⑪ 独九者可嗣法：只有九人能继承她的技法。

⑫ 食经：旧指食谱或论述饮食的书为食经。

五十卷食经,当时人称《邹平公食宪章》。

寒消粉

张弥①守镇江,一日会客,作酥夹生②。副戎③许鼐④,苍梧⑤人,不谙北馔⑥,甚嗜之。他时再聚,忽问:"前日盛馔,有入口寒而消者,尚可得否?"弥绐⑦之曰:"此名龙髓膏,金牛国⑧所贡。闻用寒消粉制成,宁可复得?"众客莫不绝倒⑨。

【译】张弥守护镇江,有一天会客,酥做得夹生了。手下许鼐是苍梧人,不熟悉北方食物,但非常喜欢吃这个菜。另一日再次相会时,许鼐突然问:"上一次盛宴,有一个吃到嘴里一凉就没了的菜,还能吃到吗?"张弥骗他说:"这东西叫龙髓膏,是金牛国进贡的。听说是用寒消粉制成的,哪能再有?"大家听了都笑得歪歪倒倒。

---

① 张弥:人名。

② 作酥夹生:做带有酥油的食品,其中有夹生者(酥油未化)。

③ 副戎:官职名。

④ 许鼐(nài):人名

⑤ 苍梧:县名。在广西壮族自治区。

⑥ 不谙北馔:不熟悉北方的食物。谙,熟悉。

⑦ 绐(dài):欺骗;谎言。

⑧ 金牛国:这是张弥虚构的国名。

⑨ 绝倒:笑得歪歪倒倒。

回汤武库

腊日①家宴,作腊②,四方③用种种轻细④,不拘名品⑤。治之,如大豆加以汤液滋味。盖时人以为节馔,遂以老室⑥儿女辈举饮食。中以杂味为之者,闲记于册。季冬既大寒⑦,可以停食物,家家多方鸠集⑧羊、豕、牛、鹿、兔、鸽、鱼、鹅百珍之众,预期十日而办造⑨,至正旦日⑩方成,以品目多者为上。用制汤饼盛筵而荐之⑪,名"回汤武库"。大概秦陇⑫盛行。

【译】腊日这天的家宴一般都要准备节日专有的食品,各地取用多种细小的食材,不局限于名贵食材。做得好像

---

① 腊日:旧时腊祭的日子。汉代以后以冬至后第三个戌日为"腊日"。后来改为十二月初八日。

② 作腊:作"腊日"的各种食品,如腊八粥等。

③ 四方:泛指天下各处。

④ 轻细:轻微细小之物。富察敦崇《燕京岁时记·腊八粥》:"腊八粥者,用黄米、白米、江米、小米、菱角米、栗子、红江豆、去皮枣泥等,合水煮熟,外用染红桃仁、杏仁、瓜子、花生、榛穰、松子,及红糖、白糖、琐琐葡萄,以作点染。"

⑤ 不拘名品:不限于名贵物品。

⑥ 老室:老一辈家室。

⑦ 季冬既大寒:冬末已到大寒。季冬,冬季末了。大寒,二十四节气之一。

⑧ 鸠集:聚集。

⑨ 预期十日而办造:在大寒前十天就制办。

⑩ 正旦日:正月初一。

⑪ 用制汤饼盛筵而荐之:用来为制作盛大的汤饼筵席而聚集材料。荐,聚集。汤饼,亦称"索饼""不托""馎(bó)饦(tuō)",今谓之"面条"。

⑫ 秦陇:泛指陕西、甘肃一带地方。

大豆加了汤汁的味道。当人们制作的节日食品时，是与老一辈家室和子女辈一起吃的。其中的很多食品是用多种口味做的，闲暇之余就记录下来。冬末已到大寒，可以不吃东西了，家家户户多方收集羊、猪、牛、鹿、兔、鸽、鱼、鹅等百种好东西，提前十天就开始准备，到正月初一才做好，菜式品种名目越多越好。用来为制作盛大的汤饼筵席而收集材料，叫"回汤武库"。大概在秦陇一带盛行。

社零星

予偶以农干①至庄墅②，适③秋社④。庄丁皆戏呈"社零星"。盖用猪、羊、鸡、鸭、粉面、蔬菜为羹。

【译】我偶然因为农事到乡下的别墅去，恰逢秋社之日。老乡（庄墅上劳动的人）笑着给我"社零星"品尝。这是一种用猪、羊、鸡、鸭、粉面、蔬菜等食材制作的羹。

---

① 农干：农事。

② 庄墅：指作者的乡间别墅。

③ 适：恰逢。

④ 秋社：古代祭祀土神的日子。一般在立秋后第五个戊日。孟元老《东京梦华录》"秋社"："八月秋社，各以社糕、社酒相赍（jī）送。"

辣骄羊①

和鲁公②尝以春社③遗节馔,用奁④唯一⑤,新样大方。碗覆以剪缕蜡春罗⑥,碗内品物⑦不知其几种也,物十而饭二焉⑧。禁庭⑨社日⑩为之,名"辣骄羊"。

【译】和鲁公曾经在春社的时候送交节日的饭菜,所用的器皿独特,款式新颖大方。碗上盖着剪成一缕一缕的蜡黄色春罗,碗内的食物不知道有多少种,十成中有二成是饭。宫廷在社日才做这些,名字叫"辣骄羊"。

---

① 辣骄羊:元《馔史》注:"大碗装春馔蒸之。"
② 和鲁公:姓名不详。公,对人之尊称。
③ 春社:古代在立春后第五个戊日祭祀土神,称为春社。
④ 奁(lián):古代盛放梳妆用品的器具;亦泛指一种精致而轻巧的小匣子。此处指盛放食物的盒子。
⑤ 唯一:独特。
⑥ 碗覆以剪缕蜡春罗:碗上盖着剪成一缕一缕的蜡黄色春罗。蜡,淡黄如蜡的颜色。春罗,丝织物。
⑦ 碗内品物:《东京梦华录》卷八"秋社":"八月秋社,各以社糕、社酒相赍送。贵戚宫院以猪、羊肉、腰子、膍(奶)房、肚、肺、鸭饼、瓜姜之属,切作棋子片样,滋味调和,铺于饭上,谓之社饭,请客供养""春社、重午、重九亦是如此。"品物,当指铺于饭上诸物。
⑧ 物十而饭二焉:碗内物品,十成中饭有二成。二,涵芬楼本作"三"。
⑨ 禁庭:宫庭。
⑩ 社日:古时春秋两次祭祀土神的日子,一般在立春、立秋后第五个戊日。《岁时广记》中记载为"二社日",《统天万年历》曰:"立春后五戊为春社,立秋后五戊为秋社。"

剥皮丹

唐末,天降奇祸,兵革①遍海内②,时多饥俭③。秦宗权④破巢魁⑤于汝城⑥,遂为节度使。满目荆榛⑦,强名曰藩府⑧。粒食价踰金璧⑨。通衢有饭肆偶开⑩,榜诸门⑪曰:"货剥皮丹⑫,每服只卖三千⑬。服以碗言也。"彼时之民,与犬豕奚以异!

【译】唐末,天降大祸,四海之内都在打仗,很多人都饥饿贫穷。秦宗权在汝城打败黄巢,做了节度使。汝城一片荒凉,勉强算是藩府。一粒粮食的价格比金玉都贵。大街上偶然有饭铺开门营业的,在门口贴着告示说:"卖去壳的粮食,每服只卖给三千粒。这服是按碗说的。"那时的百姓,与猪狗有什么区别啊!

① 兵革:兵器衣甲的总称。引申指战争。革,用皮革制的甲。
② 海内:四海之内。古代传说我国疆土四周有海环绕,故称国境以内为海内。
③ 饥俭:饥饿贫穷。俭,贫乏。
④ 秦宗权:唐末蔡州上蔡(今属河南)人,一说许州(今河南许昌)人。
⑤ 破巢魁:打败黄巢军队的首领。
⑥ 汝城:县名。东晋置。陈改为卢阳。故城在今湖南汝城县西南。
⑦ 满目荆榛(zhēn):言战乱中之荒凉景象。荆榛,丛生灌木。
⑧ 强名曰藩府:勉强称之为藩府。藩府,藩镇府第。
⑨ 粒食价踰金璧:一粒粮食的价钱超过金玉。
⑩ 通衢(qú)有饭肆偶开:大路旁的饭铺偶然有开门营业的。衢,四通八达的道路。
⑪ 榜诸门:在门口张贴通告。榜,这里作动词用,为通告、通知的意思。
⑫ 货剥皮丹:货,即买;剥皮丹是指所卖去壳粮食。丹,本指精制之药物,此处是比喻饭食的珍贵。
⑬ 每服只卖三千:药一剂为一服,这里指一顿饭。"三千"即三千粒,约一小碗。

玉尖面

赵宗儒①在翰林时，闻中使②言："今日早馔玉尖面，用消熊、栈鹿为内馅，上甚嗜之。"问其形制③。盖人间④出尖馒头也。又问"消"之说⑤。曰："熊之极肥者曰消，鹿以倍料精养者曰栈。"

【译】赵宗儒在朝庭做官时，听宦官说："今天早餐吃玉尖面，用消熊、栈鹿作为内馅，皇上特别喜欢吃。"赵宗儒问他此菜是怎么做的。宦官回答就是民间的出尖馒头。又问"消熊"怎么讲。宦官说："熊最肥的地方叫消，用加倍的饲料精心喂养的鹿叫栈。"

---

① 赵宗儒：唐代人，字秉文。贞元年间官至考功员外郎。德宗时，迁给事中。不久，以本官同平章事（即宰相职务）。

② 中使：帝王宫中派出的使者，指宦官。

③ 形制：形状和做法。

④ 人间：民间。

⑤ "消"之说：意思是"消熊"的说法是怎么回事。

十遂羹

石耳①、石发②、石緜③、海紫菜、鹿角④、腊菜⑤、天花蕈⑥、沙鱼、海鳔白⑦、石决明⑧、虾魁腊⑨。右用鸡、羊、鹑汁及决明、虾、蕈浸渍，自然水澄清，与三汁相和，盐酎庄严⑩，多汁为良。十品不足，听阙⑪，忌入别物，恐伦类杂则风韵去矣⑫。

【译】石耳、石发、石绵、海紫菜、鹿角菜、腊菜、

---

① 石耳：植物名，地衣类。生深山岩石上。可供食用，亦可入药。

② 石发：植物名，藻类。《本草纲目》第二十一卷引张华《博物志》："石发生海中，长尺余，大小如鱿菜，以肉杂蒸食极美。"

③ 石緜（mián）："绵"的异体字，纤维状矿物。耐酸碱，耐高温，是热和电的绝缘体。此处是否指此物，存疑。

④ 鹿角：即鹿角菜。藻类植物，褐紫色或绿色，分枝呈叉状，像鹿角。生海滨岩石上，可供食用或制糊料。

⑤ 腊菜：芥之一种。冬月食者，俗呼"腊菜"。

⑥ 天花蕈：潘之恒《广菌谱》："天花蕈，即天花菜。出五台山，形如松花而大，香气如蕈，白色，食之甚美。"

⑦ 海鳔白：疑指海鱼之鳔。

⑧ 石决明：贝壳动物。亦称鳆鱼，俗称鲍鱼。壳坚厚，低扁而宽，略似耳形。螺旋小，偏于一方。壳口阔大，壳的边缘有一列呼吸小孔。壳表面粗糙，内面现美丽的珍珠光泽。自古以来被视为海味珍品，鲜食、干制均可。中医以壳做清热明目的药物。

⑨ 虾魁腊：巨虾干肉。虾魁，巨虾。

⑩ 盐酎（zhòu）庄严：盐、酒调和。酎，经两次以至多次复酿的醇酒。庄严，可作"装饰"解。

⑪ 阙：空缺。

⑫ 恐伦类杂则风韵去矣：恐怕种类混杂就失去了风味。伦类，种类。

天花蕈、沙鱼、海鳔白、鲍鱼、巨虾干肉。以上这些材料用鸡、羊、鹌鹑的汁和决明、虾、蕈浸泡，再用清水澄干净，把这三种汁混合在一起，用盐和酒调和，汁越多越好。如果十种材料凑不够，就缺着，忌讳加入别的材料，因为怕种类混杂就失去了原有风味。

小四海

孙承祐①在浙右②尝馔客③，指其盘筵④曰："今日坐中，南之蝤蛑⑤，北之红羊，东之虾鱼，西之果菜，无不毕备，可谓富有小四海矣！"

【译】孙承祐有一次在浙江请客，指着酒席上的菜盘说："今天席上，有产自南边的梭子蟹，北边的红羊，东边的虾、鱼，西边的水果、蔬菜，都齐了，可以称得上是富有小四海啊！"

---

① 孙承祐：杭州钱塘人。吴越时，累迁浙江东道盐铁副使，镇海、镇东两军节度副使，静海军节度使。宋开宝初，授光禄大夫、检校太保。太平兴国中，徙泰宁军节度使。《宋史》："承在浙右日，凭藉亲宠，恣为奢侈，每一饮宴，凡杀物命千数，常膳亦数十品方下箸。"

② 浙右：指浙江东部。

③ 馔客：宴请客人。

④ 盘筵：酒席上的菜盘。

⑤ 蝤（yóu）蛑（móu）：即"梭子蟹"。

雁椟①

富家出游,运致馔具②,皆用髹椟③,蒙以紫碧重䌽罩衣④,两人舁⑤之。其行列之盛,有若雁行⑥。旁观号为"雁椟"⑦。

【译】富贵人家出去游玩,运带食具都用油漆的木匣子,外面蒙紫色和碧绿色两重垂边的匣罩,由两个人抬着。抬匣子的队伍很长,非常壮观,就像大雁的队伍。旁观的人都称它为"雁椟"。

八珍⑧主人

酱,八珍主人也⑨;醋,食总管也⑩。反是为⑪,恶酱为

---

① 椟(dú):木匣。

② 运致馔具:运带食具。

③ 髹(xiū)椟:油漆的木匣,即食合。髹,以漆漆物。

④ 紫碧重䌽罩衣:紫色和碧绿色两重垂边的匣罩。

⑤ 舁(yú):抬。

⑥ 雁行:飞雁的行列。

⑦ 旁观号为"雁椟":旁边看的人称它为"雁椟"。

⑧ 八珍:八种珍贵的食品。其具体解释有三:一是后汉郑玄对《周礼·天官·膳夫》中"珍用八物"的注释:"珍,谓淳熬、淳母、炮豚、炮牂(zāng)、捣珍、渍、熬、肝膋也。"二是明代陶宗仪的《辍耕录》卷九说迤北八珍云:"所说八珍,则醍(tí)醐(hú)、麆(zhù)沆(hàng)、野驼蹄、鹿唇、驼乳糜、天鹅炙、紫玉浆、玄玉浆也。玄玉浆即马奶子。"三是后人又以龙肝、凤髓、豹胎、鲤尾、鸮(xiāo)炙、猩唇、熊掌、酥酪蝉或其他八样贵重食品为八珍。"八珍"后来成为珍贵菜肴的通称。

⑨ 酱,八珍主人也:酱是珍贵食品的主人。意思在于说明酱在烹制珍贵食品中的重要作用。

⑩ 醋,食总管也:醋是食品的总管。意思在于强调醋在烹调中的重要作用。

⑪ 反是为:违反了这一原则去做。

厨司大耗①；恶醋为小耗。

【译】酱是珍贵食品的主人，醋是食品的总管。违反这一原则做菜是不对的，厌恶用酱是厨师的大损失；厌恶用醋是小损失。

张手美家②

阊阖③门外通衢有食肆，人呼为张手美家，水产陆贩④，随需而供，每节则专卖一物，徧京辐辏⑤。偶记其名，播告四方事口腹者⑥。

元阳脔（元日）；油画明珠（上元油饭）；六一菜（人

---

① 恶（wù）酱为厨司大耗：厌弃酱是厨师的大损失。恶，厌恶。厨司，管理厨房事情的人，也可作厨师解。耗，损失。
② 张手美家：涵本为"张主羹家"。陈、李本为张手美家，姑按陈、李本。
③ 阊（chāng）阖（hé）门：皇宫的正门。这里疑指唐长安大明宫的丹凤门，是举行"外朝"的地方。王维"九天阊阖开宫殿，万国衣冠拜冕旒（liú）"，说的就是在这里朝会的情况。
④ 水产陆贩：意即水陆物产。
⑤ 徧京辐（fú）辏（còu）：京城到处的人都集聚到这里（来购买食物）。辐辏，车轮的辐凑集于毂上。比喻人或物聚集一处。
⑥ 播告四方事口腹者：传播给四方从事饮食的人。口腹，指饮食。

日）①；涅盘兜②（二月十五）；手里行厨（上巳③）；冬凌粥④（寒食）；指天馂⑤馅（四月八）。如意图（重五⑥）。绿荷包子（伏日）；辣鸡馂（二社⑦饭）；罗睺罗⑧饭（七

---

① 六一菜：用七种菜制作的羹。《艺文类聚》卷四引《荆楚岁时记》："正月七日为人日，以七种菜为羹。"人日：旧称阴历正月初七日为"人日"。《北史·魏收传》引晋议郎董勋《答问礼俗说》："正月初一日为鸡，二日为狗，三日为猪，四日为羊，五日为牛，六日为马，七日为人。"

② 涅盘兜：一种形状像头盔的面食。涅盘，或称"槃""般涅槃"。佛教名词。梵文的音译。意译"灭度""入灭""圆寂"。佛经说，信仰佛教的人，经过长期修道，即能"寂（熄）灭"一切烦恼和"圆满"（具备）一切"清净功德"。这种境界，名为"涅盘"。后世也称僧人逝世为"涅槃""入灭"或"圆寂"。兜，古代战士所用的头盔，就是胄（zhòu），通称"兜鍪（móu）"。

③ 上巳：节日名。古时以三月上旬巳日为"上巳"。魏晋以后改为三月三日。后亦有不用三日，而仍用巳日者。

④ 冬凌粥：《事物纪原》卷九："麦糕：《邺中记》云：'并州之俗，冬至一百五日，为介子推冷食，作干粥食之，故谓之寒食。'干粥，即今之麦糕是也。世俗，每到清明，以麦成秫（shú）（本指黏高粱、黏黍、黏稻之类，此处指黏糊状麦糕），以杏酪煮为姜粥，俟其凝冷，裁作薄片，沃以饧若蜜而食之，谓之麦糕。"冬凌粥即"麦糕"之类。

⑤ 馂（jùn）：熟食。

⑥ 重五：农历五月初五日，即端午节。

⑦ 二社：即春社、秋社。

⑧ 罗睺罗：又译"摩日侯罗"。人名。释迦牟尼的儿子。一说天神名。古代民间七月七日乞巧时用的泥塑小菩萨，叫"摩睺罗"。罗睺罗饭的名称来由或与此有关，乞巧节日食品，制法不详。

夕①）；玩月羹（中秋）；盂兰饼馅②（中元③）；米锦（重九④糕）；宜盘（冬至）；萱草⑤（面腊日）；法王料斗（腊八）；

【译】阊阖门外大街上有食店，大家叫张手美家，店内的水陆物产，根据需要随时供卖，每个节气都有一样专门的东西卖，京城各处的人都集聚到这里（来购买食物）。偶尔记下这些东西的名目，传播给各地开食店的人。

名目有：元阳脔（元日）；油画明珠（上元油饭）；六一菜（人日）；涅盘兜（二月十五）；手里行厨（上巳）；冬凌粥（寒食）；指天馂馅（四月八）；如意圆（重五）；绿荷包子（伏日）；辣鸡馂（二社饭）；罗睺罗饭（七夕）；玩月

---

① 七夕：夏历七月初七日晚上。古代神话，七夕牛郎织女在天河相会。

② 盂兰饼馅：来源于佛教盂兰盆会的斋食。盂兰盆会，佛教仪式。每逢夏历七月十五日，佛教徒为追荐祖先所举行。盂兰盆是梵文的音译，意译"救倒悬"。《盂兰盆经》说，目连以其母死后极苦，如处倒悬，求佛救度，佛令他在众僧夏季安居终了之日（即夏历七月十五日），备百味饮食供养十万僧众，即可解脱。故后世寺僧于是日具百味五果以著盆中供佛，谓之盂兰斋。

③ 中元：旧俗以阴历七月十五日为"中元节"。源出于道教。《唐六典》卷四"祠部郎中"："（道士有）三元斋：正月十五日天官为上元，七月十五日地官为中元，十月十五日水官为下元，皆法身自忏諐（qiān，"愆"的异体字。过失；罪咎。）罪焉。"

④ 重九：节令名。农历九月初九日称"重九"，也称"重阳"。《东京梦华录》卷八：九月重阳，都人多出外登高。前一二日，各以粉面蒸糕遗送。邓之诚注引《续斋谐记》云："汝南桓景，随费长房游学累年。长房因谓景曰：'九月九日，汝家当有灾厄，宜急去，令家人各作绛囊，盛茱萸以系臂，登高饮菊酒，祸乃可消。'景如其言，举家登山。夕还，见鸡、犬、牛、羊一时暴死。长房闻之曰：'此可代之矣。'今世人九日登高饮酒，妇人带茱萸囊因此也。"重九食糕，有消灾避祸之意。

⑤ 萱草：俗谓之"金针菜"，通称黄花或黄花菜。

羹（中秋）；孟兰饼馅（中元）；米锦（重九糕）；宜盘（冬至）；萱草（麵腊日）；法王料斗（腊八）。

酒骨糟①

孟蜀②尚食③掌食典一百卷，有赐绯羊④，其法：以红麴⑤煮肉，紧卷石镇，深入酒骨淹透，切如纸薄，乃进。注云：酒骨，糟也。

【译】蜀国尚食官有《食典》一百卷，其中记录一种红色糟羊肉的制作方法：先用红曲煮肉，再将肉卷紧以后用石头压上，多加糟腌透，切得像纸一样薄，再给皇上食用。注解说：酒骨，就是糟。

建康⑥七妙

金陵⑦，士大夫渊薮⑧，家家事鼎铛⑨，有七妙：韰可照

---

① 酒骨糟：糟肉。

② 孟蜀：五代十国之一后蜀的别称。孟知祥据蜀称帝，故谓孟蜀。

③ 尚食：官名。掌帝王膳食。秦始置。东汉以后并其职于太官、汤官。北齐以后有尚食局，其长官分别称典御、奉御、奉膳大夫、直长等。

④ 赐绯羊：红色的糟羊肉。

⑤ 红麴（qǔ）：将红曲霉培养在稻米上制成。用以制造红糟、红酒及红腐乳，并可做其他食品的红色色素。中医用为活血消食药。麴，"曲"的异体字。

⑥ 建康：今南京市。

⑦ 金陵：今南京市的别称。

⑧ 渊薮（sǒu）：鱼和兽类聚居的地方，也用以比喻人或物类聚居的处所。

⑨ 鼎铛（chēng）：意指烹调之事。铛，铁锅的一种。

面①；馄饨汤可注砚②；饼可映字③；饭可打擦擦台④；湿面可穿结带⑤；醋可作劝盏⑥；寒具嚼者惊动十里人⑦。

【译】金陵是士大夫云集的地方，家家户户都重视烹饪之事，有七件妙事：盦可照面；馄饨汤可入砚研墨；饼薄得可看到下面的字；饭可打擦擦台；和好的面可穿裙带，醋可作酒饮；寒具又脆又香，嚼起来惊动十里人。

糟云⑧

释鉴兴⑨《天台山居颂》："汤玉入瓯⑩，糟云上筯。"谓汤饼莹滑，糟姜岐秀⑪焉耳。

【译】释鉴兴《天台山居颂》里写道："汤玉入瓯，糟云上筯。"是说面条晶莹圆滑，糟姜峻茂秀雅。

---

① 盦可照面：原文如此，语义不详。或说指切碎捣烂的腌酸菜，平匀得像镜子一样，可以照见人面。待考正。

② 馄饨汤可注砚：意谓馄饨汤之清，可以入砚磨墨。

③ 饼可映字：饼薄得可以透过它看到下面的字迹。

④ 饭可打擦擦台：原文如此，语义不详，待考。

⑤ 湿面可穿结带：调和好的面，筋韧如裙带，打成结子也不断。

⑥ 醋可作劝盏：醋味醇美得可以当酒用。

⑦ 寒具嚼者惊动十里人：寒具又脆又香，嚼起来十里内的人都可以受到惊动。寒具，油煎的甜食，略似今麻花、馓子之类。

⑧ 糟云：指用酒或酒糟腌制的糟姜。

⑨ 释鉴兴：释为中国佛教用作释迦牟尼的简称。后又用以泛指佛教或僧尼。鉴兴为和尚的法号。

⑩ 瓯（ōu）：盆盂一类的瓦器。

⑪ 岐秀：峻茂秀雅。

花糕员外

皇建僧舍，傍①有糕作坊，主人由此入赀②为员外官，盖显德中③也。都人呼"花糕员外"，因取糕目录笺之。

满天星（金米）；糁拌（夹枣豆）；金糕糜员外糁（外有花）；花截肚（内有花）；大小虹桥（晕子）；木蜜金毛面（枣狮子也）。

【译】皇家建的僧舍，旁边有间糕作坊，作坊的主人赚钱买官当了员外官，这大概是显德年间的事。都城里的人称他为"花糕员外"，现把他家所做的花糕种类记录如下。

满天星（金米）；糁拌（夹枣豆）；金糕糜员外糁（外有花）；花截肚（内有花）；大小虹桥（晕子）；木蜜金毛面（枣狮子也）。

王羹亥卯未，相粥白玄黄④

魏王继岌⑤，每荐羹以羊、兔、猪脔⑥而参之。时卢澄为

---

① 傍：通旁。

② 入赀（zī）：纳财买官。赀，财货。

③ 显德中：显德年间。显德，后周太祖（郭威）年号，公元954—959年。

④ 王羹亥卯未，相粥白玄黄：王羹亥卯未意思是皇帝每天用的羹汤中均有猪、兔、羊肉。亥卯未，古时以子、丑、寅、卯、辰、巳、午、未、申、酉、戌、亥为十二地支，用以记时；又以十二种动物来配十二地支：子为鼠，丑为牛，寅为虎，卯为兔，辰为龙，巳为蛇，午为马，未为羊，申为猴，酉为鸡，戌为狗，亥为猪。亥、卯、未，即代表猪、兔、羊。相粥白玄黄：指宰相卢澄每早食的粥，为白色的乳粥、赤黑色的豆沙加糖粥和黄色的小米粥三种混合。

⑤ 魏王继岌：后唐庄宗李存勖（xù）之长子，曾立为魏王。

⑥ 脔：切成块的肉。

平章事①。趋朝待漏②，堂厨具小馔③，澄惟进粥。其品曰：粟粥、乳粥、豆沙加糖粥，三种并供，澄各取少许，并合而食。厨官遂有"王羹亥卯未，相粥白玄黄"之语。

【译】魏王继岌，每次早餐的羹汤内都有羊、兔、猪肉。当时卢程任宰相。百官等待朝见的时候，宫里的厨师准备了便餐，卢程只喝粥。粥有三种：白色的乳粥、赤黑色的加糖豆沙粥和黄色的小米粥，三种一起端上来，卢程每种只取一点，搅拌在一起吃。于是厨官有"王羹亥卯未，相粥白玄黄"的说法。

玉杵金鲦

吴淑④《冬日招客》诗云："晓羹沉玉杵⑤，寒鲊⑥叠金

---

① 卢澄为平章事：卢澄即卢程。唐代昭宗时登进士第，为盐铁出使巡官。后唐庄宗即位，命为平章事（即宰相）。后降为右庶子。庄宗入洛阳，程于路坠马，中风卒。赠礼部尚书。平章事即同平章事，官名。唐制度，君主在大臣中选任数人，给以同中书门下平章事的名义，即事实上的宰相。简称"同平章事"。中书、门下本即政务中枢。同中书门下平章事，即与中书、门下协商处理政务之意。

② 趋朝待漏：百官事先到殿庭等待朝见。趋朝，奔赴朝廷。漏，古时计时器。

③ 堂厨具小馔：殿庭里的厨师准备了便餐。小馔，即便餐。

④ 吴淑：字正仪（公元947—1002年）。润州丹阳（今江苏省丹阳县）人。官至职方员外郎。

⑤ 晓羹沉玉杵：晓羹即早晨吃的羹。沉，即沉没。玉杵指晶莹如玉的杵（棒槌）状物（形容羹中的山药）。

⑥ 寒鲊：冬天食用的鲊。

緜①。"杵，谓小截山蓣②。緜，乃黄雀脂骨③。

【译】吴淑在《冬日招客》诗里写："晓羹沉玉杵，寒鲊叠金緜。"杵，就是小截的山药。绵，就是切成片状的黄雀肉。

于阗法全蒸羊

于阗④法全蒸羊⑤，广顺中⑥，尚食取法为之⑦。西施捧心⑧，学者愈丑。

【译】于阗有地道的制作全蒸羊的方法，广顺年间，司中廷膳的尚食，为讨好皇帝而仿制于阗全蒸羊，结果未能成功，反而出丑。

---

① 金緜：緜即绵，金色丝绵。形容切成片状的黄雀肉。

② 小截山蓣（yù）：切成小段的山药。山蓣，山药。

③ 黄雀脂骨：即黄雀肉。黄雀，鸟名。亦称"芦花黄雀"。体长约15厘米。上体浅黄，腹白色，均有褐色条纹。

④ 于阗（tián）：古西域国名。在今新疆和田一带。

⑤ 全蒸羊：或即"烤全羊"。《饮膳正要》第一卷"聚珍异馔"中有"柳蒸羊"，其做法是："羊一口（带毛）。于地上作炉，三尺深，周回以石烧令通赤；用铁芭盛羊，上用柳子（枝）盖覆，土封，以熟为度。"现在新疆仍用"烤全羊"招待贵宾，其做法已有改进。

⑥ 广顺中：广顺年间。广顺，后周太祖郭威年号（公元951—953年）。

⑦ 尚食取法为之：尚食是官名，取法为之即仿效于阗法制作。

⑧ 西施捧心，学者愈丑：出自"东施效颦（pín，亦作矉，皱眉）"的故事。后人用此典故，讥讽缺乏自知之明，胡乱模仿，因而出丑的人。这里是说，司中廷膳的尚食，为讨好皇帝而仿制于阗全蒸羊，结果未能成功，反而出丑。

蔬菜门（二十五事）

崑味

落酥①本名茄子。炀帝②缘饰③为"崑崙紫瓜"，人间但名"崑味"而已④。

【译】落酥本来的名字叫茄子。炀帝为了美饰它叫称它为"崑崙紫瓜"，人们只叫它"崑味"就是了。

千金菜

呙国⑤使者来汉⑥，隋人求得菜种，酬之甚厚⑦。故因名"千金菜"。今莴苣⑧也。

【译】呙国使者来中国的时候，隋人给他很多报酬，求得一些菜种子。所以叫"千金菜"。就是现在的莴苣。

---

① 落酥：即落苏，茄子的别称。《本草纲目·菜之三》引陈藏器本草："茄一名落苏，名义未详；按《五代贻子录》作落酥，盖以其味如酪酥也，于义似通。"

② 炀帝：即隋炀帝杨广，公元605—616年在位。

③ 缘饰：文饰的意思。给某些言论、措施找出处，找根据，叫作"缘饰"。这里是巧立名目的意思。

④ 人间但名"崑味"而已：人们只叫它"崑味"就是了。

⑤ 呙（wā）国：古代国名，疑是阿富汗的简称。呙，即"呙"。

⑥ 汉：这里指中国。

⑦ 酬之甚厚：付给的报酬很多。

⑧ 莴苣：即莴苣。

翰林齑

右补阙①崔从②授余翰林齑法③。每用时菜五七种④,择去老寿者⑤,细长刀破之。入满瓮,审硬软作汁,量浅深,慎启闭,时检察,待其玉洁而芳香则熟矣⑥。若欲食,先錬雍州酥⑦,次下干齑及盐花⑧,冬春用熟笋,夏秋用生藕,亦刀破令形与齑同⑨。既熟,搅于羹中,极清美。卢质在翰林躬为之⑩。

【译】右补阙崔从教给我做翰林齑的方法。每次用时令蔬菜五到七种,择去老的部分,用刀破开。将菜放进瓮里要放满,看菜的软硬程度来用汁液腌泡,要注意汁液的深浅,开封时要慎重,要时常察看,到了光洁、有芳香味时就算做

---

① 右补阙:右补阙是指官名。唐武则天时设。职务为对皇帝进行规谏,并推荐人员。分左补阙和右补阙,左补阙属门下省,右补阙属中书省。北宋时改为左右司谏。南宋及元、明又重设置。

② 崔从:人名。

③ 授余翰林齑(jī)法:是指教给我做"翰林齑"的方法。齑,切碎的腌菜或酱菜。因卢质在翰林时亲自制作这种菜,故名"翰林齑"。

④ 时菜五七种:时令鲜菜数种。五七种,意即五、六、七种均可,不定数。

⑤ 择去老寿者:去掉老化的部分。如老叶、老帮等。

⑥ 入满瓮……则熟矣:这段话是说,要放满瓮,看菜的软硬用汁液腌泡,要注意汁液的深浅,开封时要慎重,要时常检查,到了光洁、有芳香味时就算成熟了。

⑦ 先錬雍州酥:先炼雍州产的酥油。錬,同炼。雍州,古地名。今陕西关中西部。酥,用牛羊乳制成的食品,即酥油。

⑧ 干齑及盐花:淋去水的齑和盐。齑:碎的姜、蒜、韭菜末。

⑨ 刀破令与齑同:将上述熟笋或藕用刀切成与齑同样的形状。

⑩ 卢质在翰林躬为之:卢质是后晋时河南人,字子徵,历官户部尚书、翰林学士、兵部尚书等。躬为之即亲自做它。躬,亲自。

好了。待到食用的时候，先炼雍州酥，再放入淋去水的齑和盐花，冬季和春季用熟笋，夏季和秋季用生藕，将上述熟笋或藕用刀切成与腌菜同样的形状。熟后，搅拌在羹里，味道特别清美。卢质在翰林任上的时候就亲自做这道菜。

胡麻自然汁

羹齑①寸截，连汁置洁器中；錬②胡麻③自然汁投之，更入白盐，捣姜搅匀，泼淡汤饼④。此乃余杭寿禅师法⑤。非事佛者，加炼熟葱韭益佳⑥。

【译】做羹用的腌菜切成寸段，连着汁放在干净的容器里；炼好的芝麻汁放进去，加上白盐，再加入捣碎的姜搅拌均匀，浇在面上。这是余杭寿禅师的做法。如不是信佛的人吃，加上炒熟的葱和韭菜味道更好。

百岁羹

俗呼齑为百岁羹。言至贫亦可具；虽百岁，可长享⑦也。

【译】俗称腌菜为百岁羹。是说人再穷也吃得起它；虽

---

① 羹齑：做羹用的腌菜。
② 錬（liàn）：同"炼"。
③ 胡麻：即"芝麻"。
④ 泼淡汤饼：浇在未加调料的汤煮面食上。泼，洒；浇。汤饼，汤煮的面食。
⑤ 余杭寿禅师法：余杭地方寿禅师的制作方法。余杭，县名，在浙江杭州市北部。禅师，对佛教寺庵中僧、尼的敬称。
⑥ 非事佛者，加炼熟葱韭益佳：不是信奉佛教的人吃它，加上炒熟的葱和韭菜更好（因佛教徒戒食葱、韭、蒜等）。
⑦ 长享：长期享用。

然活到一百岁,也可以长期享用。

子母蔗

湖南马氏有杂狗坊①卒长②能种子母蔗③。

【译】湖南马氏有养狗场,管理的差役可以种出丛生的甘蔗。

龙须菜

瓮菜出闽中,凡百毒悉能解之。引蔓而生,士人号"龙须菜"。

【译】闽中出产瓮菜,能解百毒。因为它是蔓生,士人都叫它"龙须菜"。

一束金

杜颐④云:"食不可无韭。"人恶其啖⑤,候其仆市还,潜取弃之⑥。怒骂曰:"狗奴!狗奴!安得去此一束金也⑦。"

【译】杜颐说:"吃饭不能没有韭。"有个人讨厌吃它,等他的仆人从市场上回来,偷偷地把韭扔掉了。杜颐怒

---

① 杂狗坊:养狗场。

② 卒长:管理差役的人。

③ 子母蔗:丛生的甘蔗。取子母相依之意。

④ 杜颐:人名。

⑤ 人恶其啖(dàn):人们讨厌吃它。啖,"啖"的异体字,吃或给人吃的意思。

⑥ 潜取弃之:暗地里取出来扔掉它。

⑦ 安得去此一束金也:怎么能扔弃这一束金呢。一束金,一捆金子。意喻韭之贵重。

骂："狗奴！狗奴！怎么能扔掉一捆金子啊。"

盘盌①葱

盘盌葱，赵、魏间②有之。几如拄杖粗③，但盈尺耳。

【译】赵国、魏国之间的地方盛产盘盌葱。几乎有拄的拐杖那么粗，足有一尺多长。

和事草

葱和美众味④，若药剂必用甘草也⑤。所以文言曰："和事草"。

【译】葱可以调和很多美味，就好像中药剂中必用甘草调和一样。所以文言中称之为"和事草"。

五鼎芝⑥

北方桑上生白耳，名桑鹅。富贵有力⑦者嗜之。呼"五鼎芝"。

【译】北方桑树上长白耳，名叫桑鹅。有钱的人都喜欢

---

① 盌（wǎn）：同"碗"。

② 赵、魏间：赵、魏原是战国时国名。赵国先建都晋阳（今山西太原市东南），后迁至邯郸（今属河北省）。魏国先建都安邑（今山西夏县西北），后迁至大梁（今河南开封）。这里赵、魏间，大概指河北、山西省南部和河南省北部一带地方。

③ 几如拄杖粗：几乎有拄的拐杖那么粗。

④ 葱和美众味：葱可以调和多种食味。

⑤ 若药剂必用甘草也：好像中药剂中必用甘草一样。

⑥ 五鼎芝：意即很高贵的滋补品。鼎，古代的炊器。五鼎，引申为很高贵的食品。芝，真菌的一种，即灵芝。功能益精气、强筋骨，主治心悸失眠、健忘、神疲乏力等症。古人以为瑞草。

⑦ 有力：这里作有财力解。

吃它。称之为"五鼎芝"。

南风薤①

南风薤多须②，叶短阔而圆（"风"一作"方"）。

【译】南风（方）薤有很多须子，叶子短阔而圆。

玉乳萝卜

王奭③善营度④，子孙不许仕宦。每年止⑤火田⑥玉乳萝卜⑦、壶城⑧马面菘⑨，可致千缗⑩。

【译】王奭善于谋划得失，不允许他的子孙当官。每年只是以火烧杂草为肥料来种植玉乳萝卜、壶城马面菘的田地，就能挣很多的钱。

蒺藜精⑪

江南吴协、刘宾王⑫同省，殊不相下。时方严冽，厅后

---

① 薤（xiè）：藠（lěi）头。百合科，多年生宿根草本植物。鳞茎可作蔬菜。
② 须：根须。
③ 王奭（shì）：人名。
④ 善营度：善于谋划得失。营，谋求。度，计算。
⑤ 止：只；仅。
⑥ 火田：以火烧杂草林木为肥料而耕种田地。
⑦ 玉乳萝卜：一种酥脆似梨的萝卜。玉乳，梨的别名。
⑧ 壶城：今广西崇善县治。
⑨ 马面菘：白菜的一种。
⑩ 可致千缗（mín）：可得一千缗。缗，成串的钱，一千文为一缗。
⑪ 蒺藜精：比喻极为纤弱细小。因蒺藜与芥菜相比，极为纤小。蒺藜，一年生草本植物，茎平铺地上，羽状复叶，小叶长椭，开黄色小花，果皮有尖刺。种子可入药。
⑫ 江南：泛指长江以南。吴协、刘宾王：均为人名。

石芥①丛长。协云:"可谓巉然②特立。"宾王曰:"诚如公言。但恨黄发之年③,变成蒺藜精耳。"协已耳顺④,闻而衔之⑤。

【译】吴协、刘宾王为江南同省人,互相不服气。当时天气很冷,屋后院子里长满石芥。吴协说:"可以说是高峻独立。"刘宾王说:"正如您说的。就怕到了晚年,变成蒺藜精。"吴协当年已经六十岁了,听后很不高兴(在心里恨他)。

鳖还丹⑥

孟贯⑦献诗于世宗⑧,遂联九品⑨。有《药性论序》曰:"红苋⑩为跛鳖之还丹⑪。"

---

① 石芥:芥菜的一种。芥菜,一年生或二年生草本植物,开黄色小花。种子黄色,有辣味,可榨油或制芥末粉。芥菜变种很多,形态各异,按用途可分为叶用芥菜、茎用芥菜和根用芥菜三类。

② 巉(chán)然:高峻的样子。

③ 黄发之年:老年。人到老年,头发变黄。古时称老年人为"黄发"。

④ 耳顺:六十岁。《论语·为政》有"六十而耳顺"之句,意思是:六十岁的时候,耳闻其言,就知道其微志。后人就把六十岁叫作"耳顺之年"。

⑤ 衔之:在心里恨他。

⑥ 鳖还丹:使鳖起死回生的丹药。丹,古代道家炼药多用朱砂,后故称依方精制的粉或粒状药物为"丹"。

⑦ 孟贯:后周建安(今福建建瓯)人。

⑧ 世宗:即后周帝王柴荣。

⑨ 遂联九品:于是被任为九品官。

⑩ 红苋:苋菜的一种。苋有红苋、白苋、紫苋三种。

⑪ 跛鳖之还丹:跛鳖,即泛指鳖;非言跛足之鳖。古代传说,苋能使鳖复生。宋陆佃《埤雅》:"青泥杀鳖,得苋复生。今人食鳖忌苋。"故云:"红苋为跛鳖之还丹。"

【译】孟贯为世宗献诗,于是被任命为九品官。著有《药性论序》说:"红苋是为鳖复生的丹药。"

题头菌①

保大中②,村民于烂木③上得菌几④一担⑤,状如莲花叶而色赤黄,因呼"题头菌"。

【译】保大年间,村民在烂木头上采菌,几乎能有一百斤,形状像莲花叶,颜色赤黄,因此叫它"题头菌"。

笋奴菌妾⑥

江右⑦多菘菜⑧,鬻笋者恶之,骂曰:"心子菜,盖笋奴菌妾也⑨"。

【译】江西盛产菘菜,卖竹笋的人厌恶它,骂它:"心子菜,是竹笋的奴婢、菌的小妾。"

---

① 题头菌:对伞状菌的比喻。题,意即头额。菌,低等植物的一大类,种类很多,如细菌、真菌等。供食用的香菇、蘑菇、草菇、口蘑等都属于真菌。

② 保大中:即保大年间。保大,南唐李璟的年号,公元943—957年。

③ 烂木:腐烂的木头。

④ 几:几乎。

⑤ 一担:即一百斤。

⑥ 笋奴菌妾:笋的奴婢,菌的妾室。笋,竹笋。妾,旧社会的小妻、偏房。

⑦ 江右:江西省的别称。

⑧ 菘(sōng)菜:蔬菜名。叶阔大,色白的叫白菜,淡黄的叫黄芽菜。

⑨ 鬻(yù)笋者恶之:卖竹笋的人厌恶它。鬻,卖。

金毛菜

石发（髪）①，吴越亦有之。然以新罗②者为上。彼国呼为"金毛菜"。

【译】吴越之地也有苔藻。但是朝鲜古国出产的比较好。朝鲜称作"金毛菜"。

笑矣乎③

菌蕈④，有一种，食之令人得干笑疾⑤。士人戏呼为"笑矣乎"。

【译】有一种菌蕈，吃了的人会得呆笑病。士人戏称此菌为"笑矣乎"。

休休散⑥

湖湘习为毒药以中人⑦。其法：取大蛇斃之⑧，厚用茅草

---

① 石发（髪）：生于水边石上的苔藻，青绿色。

② 新罗：朝鲜古国名。

③ 矣乎："矣"和"乎"都是表示感叹的助词。

④ 菌蕈（xùn）：伞菌一类的植物。无毒的可供食用。

⑤ 干笑疾：即呆笑病。晋张华《博物志》记述"蛇菌"云："江南诸山，大树断倒者经春夏生菌，谓之檖……啖（dàn）之令人笑不得止。"

⑥ 休休散：意为使人永远休息的药末。散，研成末的药料。

⑦ 湖湘习为毒药以中人：湖北、湖南地区流行一种制作毒药杀人的方法。习，熟悉；习惯于。以中人，使人中毒。

⑧ 斃之：斃，毙。意为使其毙命。

盖罨①，几旬则生菌蕈②。发根自蛇骨出③。候肥盛采之④，令干，捣末，糁⑤酒、食、茶、汤中，遇者无不赴泉壤⑥。世人号为"休休散"。

【译】湖北、湖南地区流行一种制作毒药杀人的方法：打死一条大蛇，用厚的茅草覆盖在上面，几十天就可以生长出菌蕈，根自蛇骨上长出。等到长得肥大时将它采下，风干，捣成末，掺到酒、食物、茶、汤里面，人吃过后没有不死的。世人称作"休休散"。

麝香草

蒜，五代宫中呼为"麝香草"。

【译】五代宫里把蒜称为"麝香草"。

三无比

钟谟⑦嗜菠薐菜⑧，文其名⑨曰："雨花菜"。又以萎

---

① 厚用茅草盖罨（yǎn）：用厚的茅草覆盖在上面。罨，掩盖。

② 几旬则生菌蕈：几十天就可以生长出菌蕈。

③ 发根自蛇骨出：根自蛇骨上长出。

④ 候肥盛采之：等到长得肥大时将它采下。

⑤ 糁（sǎn）：以米和羹。此处意为掺入。

⑥ 赴泉壤：意即死亡。泉壤，同"泉下"。意为九泉、黄泉之下，即地下。涵本"赴泉壤"作"殒身"。

⑦ 钟谟：钟谟（mó），南唐崇安人。曾任户部侍郎等职。

⑧ 嗜菠薐（léng）菜：爱吃菠菜。菠薐菜，即菠菜。

⑨ 文其名：为它起了一个文雅的名字。

蒿、莱菔、菠薐为"三无比"①。

【译】钟谟喜欢吃菠菜，给它起了一个文雅的名字："雨花菜"。又把白蒿、萝卜、菠菜称为"三无比（三种无可比喻的美味）"。

錬鹤一羹，醉猫三饼

居士李巍，求道雪窦山②中，畦蔬自供③。有问巍曰："日进何味？"答曰："以鹤一羹（盖谓錬得身形似鹤形也），醉猫三饼（巍以莳萝、薄荷捣饭为饼）④。问者语所亲曰⑤："以清饥道也，旦暮必以菜解⑥"。

【译】李巍在雪窦山里求道，自己种菜吃。有人问他："每天吃什么？"他回答说："吃的是一种鹤菜羹和由三种原料（以莳萝、薄荷捣饭）制成的醉猫饼。"问话的人对他亲近的人说："用来解决饥饿问题的，早晚必须用菜。"

---

① 又以萎蒿、莱菔、菠薐为"三无比"：又将白蒿、萝卜、菠菜称为三种无可比喻的美味。萎蒿，即白蒿。莱菔，即萝卜。

② 雪窦山，在浙江奉化县西、余姚县南，山上多名胜。

③ 畦（qí）蔬自供：治畦种菜，供自己食用。畦，有土埂围着的一块块排列整齐的田地。

④ 以鹤一羹，醉猫三饼：以，用。鹤，菜羹名，意思是得身形似鹤形。醉猫，饼名，以莳萝、薄荷捣饭制成。旧称猫食薄荷则醉，故名。莳萝，亦称"土茴香"。味辛香，可调味，亦可入药。

⑤ 问者语所亲曰：问话的人对他亲近的人说。

⑥ 以清饥道者，旦暮必以菜解：用来解决饥饿问题的，早晚必须用菜。

缠齿羊

袁居道①不求闻达②。马希範③间延入府④。希範病，酒厌膏腻⑤。居道曰："大王今日使得贫家⑥缠齿羊⑦。询其故，则蔬茹⑧。

【译】袁居道不求名利。马希范趁闲请他进府做客。希範生了病，厌吃酒肉油腻之物。居道说："您今天应该吃我的缠齿羊"。希範询问缘故，其实缠齿羊指的是蔬菜。

净街槌⑨

瓠⑩少味⑪，无韵，荤素俱不相宜。俗呼"净街槌"。

【译】瓠瓜缺少滋味，也不美观，荤素做法都不合适。俗称"净街槌"。

---

① 袁居道：人名。

② 闻达：闻名、显达。

③ 马希範（fàn）：五代时楚王。範，"范"的异体字。

④ 间延入府：乘闲请入府中。间，通闲。延，邀请。

⑤ 酒厌膏腻：酒食厌吃油腻之物。膏，油脂，脂肪。

⑥ 贫家：谦卑的自称。

⑦ 缠齿羊：对蔬菜的诙谐比喻。

⑧ 则蔬茹：即是蔬菜。茹，蔬菜的总称。

⑨ 净街槌（chuí）：净街鸣锣用的木槌。净，通静。

⑩ 瓠（hù）：即瓠瓜。长圆筒形，绿白。

⑪ 少味：缺乏滋味。

鱼门（三十二事）

一命鳗鲡①

江南紫微郎②熙载③，酷好④鳗鲡。庖人私语曰："韩中书⑤一命二鳗鲡⑥"。

【译】江南紫微郎韩熙载喜欢鳗鲡。厨师私下里说："韩中书视生命为第一，鳗鲡为第二"。

王字鲤

鲤鱼多是龙化⑦。额上有真书⑧王字者，名"王字鲤"，此尤通神⑨。

【译】鲤鱼大多是龙变化来的。额头上用正楷写着王字

---

① 鳗（mán）鲡（lí）：即鳗鲡。鱼名。体长，呈圆筒形。表面多黏液，上部灰黑色，下部白色。鳞细小，埋没皮肤下。头尖，背鳍、臀鳍和尾鳍相连，无腹鳍。生活于淡水中，成熟后到海洋中产卵。捕食小动物。肉质细嫩，富含脂肪，为上等食用养殖鱼类之一。也叫白鳝、白鳗，简称鳗。

② 紫微郎：唐代官名。紫微侍郎的简称，即中书侍郎。

③ 熙载：人名。姓韩名熙载，字叔言。南唐后主李煜时官至中书侍郎、光政殿学士承旨。

④ 酷好：极爱好。

⑤ 中书：中书侍郎的简称。

⑥ 一命二鳗鲡：视生命为第一，鳗鲡为第二。

⑦ 龙化：由龙变化而来。

⑧ 真书：即正楷。

⑨ 尤：尤物。优异的人或物品。

的,叫"王字鲤",更是通神的品种。

裙襴大夫①

晋祠小池②畜老鳖,大如食盘。不知何人题阑柱③曰:"裙襴大夫乌衣④开国⑤何元美⑥"。后失鳖所在。

【译】晋祠小池里养着一只老鳖,像食盘一样大。不知道什么人在栏柱上题词写着:"裙襴大夫乌衣开国何元美。"后来老鳖就失踪了。

平福公

唐故宫池⑦中有一六目龟,或出曝背⑧,人见其甲上刻字微金,仿佛曰:"平福公"。君灵⑨古老,传是武宗⑩王美人所养。福,犹腹也。借音而已。

---

① 裙襴(lán)大夫:对鳖的人格化称谓。裙,鳖甲边缘的肉质部分。襴,古时上下衣相连的服装。

② 晋祠小池:即指"难老泉"。晋祠,在山西省太原市西南悬瓮山下,为纪念晋国开国君主唐叔虞而建的祠。有圣母殿、唐叔祠、关帝庙、水母楼等建筑,以及周柏唐槐和"难老泉"(泉水不因旱涝而增减)等胜古迹。

③ 题阑柱:在阑柱上题字。阑,阑干,即栏杆。

④ 乌衣:古代贫贱者的衣服。

⑤ 开国:即开国之臣。乌衣开国是对鳖的美誉。

⑥ 何元美:多么元美。元,大,亦同"圆"。此处含双义。

⑦ 唐故宫池:指唐长安大明宫的蓬莱池。

⑧ 或出曝背:有时出来晒背。

⑨ 君灵:大灵,这里指上述六目龟。古代人称麟、凤、龟、龙为具有神性的"四灵"。

⑩ 武宗:即唐武宗李炎。

【译】唐长安大明宫的蓬莱池里有一只六目龟,有时出来晒太阳,有人看见它的甲上刻有微带金色的字,仿佛是:"平福公"。这只龟相传是武宗在位时王美人养的。福,就是腹。借字音罢了。

水晶人[1]

二三友来访,买得虾蟹具馔[2]。语及[3]唐士人逆风至长须(鬚)国娶虾女[4]事。坐客谢兼仲曰:"虾女婿岂不好?白角衫裹个水晶人。"满筵[5]无不大笑。

【译】几个朋友来访,买了虾蟹备办菜肴。谈到唐代的士人被风吹到长须国,娶虾女、做驸马的故事。其中一个客人谢兼仲说:"虾女婿有什么不好?白色衣衫裹了一个水晶人。"大家哄堂大笑。

黄大

伪德昌宫[6]使刘承勋[7]嗜蟹,但取圆壳而已。亲友中有言

---

[1] 水晶人:喻虾体晶明透亮。

[2] 具馔:备办食物。

[3] 语及:谈到。

[4] 唐士人逆风至长须国娶虾女:故事见《酉阳杂俎·诺皋记上》。大意是:大足(武则天年号,公元701年)初,有一士人被风吹至一处,人皆长须,号长须国。国王拜士人为司风长兼驸马。经十余年,士人有一儿二女。忽一日,国王泣告士人,吾国有难,祸在旦夕。遣士人谒海龙王求救。龙王笑曰:"客固为虾所魅耳。"

[5] 满筵:满席的人。

[6] 伪德昌宫:指五代时后汉之宫庭。

[7] 刘承勋:后汉高祖刘知远之幼子。初授右卫大将军,隐帝嗣位,加授检校太尉、同平章事。后又进位检校太师、兼侍中。

古重二螯①。承勋曰："十万白八敌一个黄大不得②"。谓蟹有八足故云。

【译】刘承勋喜欢吃蟹，只喜欢吃圆壳里的部分。亲友里边有人说古人重视吃蟹的两只螯。刘承勋说："十万蟹足也抵不上一个蟹黄。"就是因为蟹有八个爪的原因。

夹舌虫

卢绛③从弟纯④，以蟹肉为一品膏⑤。尝曰："四方之味，当许含黄伯为第一⑥"。后因食二螯，夹伤其舌，血流盈襟。绛自是戏呼蟹为"夹舌虫"。

【译】卢绛的堂弟卢纯，把蟹肉作为最好的肉食。曾经说："天下美味，当以蟹肉为第一"。后来因为吃两个蟹钳，把舌头夹伤了，流了很多血。卢绛从此以后就戏称螃蟹为"夹舌虫"。

---

① 亲友中有言古重二螯（áo）：亲友中有人说，古人吃蟹重视二螯。螯，节肢动物变形的第一对步足。末端两歧，开合如钳。

② 十万白八敌一个黄大不得：十万蟹足抵不上一个蟹黄。

③ 卢绛：南唐人，字晋卿。

④ 从弟纯：堂弟卢纯。

⑤ 一品膏：一等肉食品。

⑥ 四方之味，当许含黄伯为第一：天下美味，当以蟹肉为第一。四方，泛指天下各处。味，美味。许，赞许。含黄伯，指蟹，因蟹壳含黄，故名。

软钉雪龙①

京洛白鳝味极佳。烹治，四方罕有得法者。周朝②寺人③杨承禄造脱骨④独为魁冠⑤，禁中时亦宣索⑥。承禄进之，文其名曰"软钉雪龙"。

【译】京洛一带的白鳝味道特别好，但很少有人会烹治。周朝有个宦官杨承禄的去骨的做法很独特，宫里也经常传令索取此菜。杨承禄呈进宫去，起名叫"软钉雪龙"。

《水族加恩簿》

吴越功德判官毛胜⑦多雅戏⑧，以地产鱼虾海物，四方所无有，因造《水族加恩簿》，品叙精奇⑨。有钱氏子得之，予借观私家⑩，一夕全录。

水族，浙地之产为多。加恩簿者，晋陵毛胜公敌所出也。须（鬚）鳞壳甲，种类差殊，荐醴登盘⑪，皆可于口。

---

① 软钉雪龙：指去骨白鳝。钉，饾钉，即饾饤，指食品堆迭的形状。
② 周朝：指五代后周。
③ 寺人：宦官。
④ 脱骨：去骨的做法。
⑤ 魁冠：第一。
⑥ 禁中时亦宣索：宫中也时常传令索取。禁中，宫中。宣索，传令索取。
⑦ 毛胜：五代吴越晋陵（古县名，汉所在今常州市）人，字公敌。曾为钱俶（后为吴越国君）功德判官。
⑧ 多雅戏：多有风趣的玩笑。
⑨ 品叙精奇：评论叙述精采奇异。品，品评。
⑩ 予借观私家：我借到家里来看。
⑪ 荐醴（lǐ）登盘：意即进酒佐餐。荐，同"荐"，献；进。醴，甜酒。

陈言烂说，不足尽其妙。故各扬乃德，各叙所材。然后总材、德、形、容之美，假以官封之。令者，盖沧海龙君之命。夫龙擅于海，君制万族，号令其间，宁有不可胜哉！生居水国，餍烹群鲜①，尝以天馋居士自名。则观此簿者，宜不责而笑也②。

【译】毛胜喜欢开高雅的玩笑，因为当地盛产鱼虾海物，别的地方都没有，所以写了《水族加恩簿》，评论叙述都很精奇。有个姓钱人的儿子得到此书，所以我就借到家里看，一夜之间全部抄录下来。

水生动物，江浙盛产。《水族加恩簿》是晋陵毛胜编著的。须（鬚）鳞壳甲，种类很多，进酒佐餐，都很可口。陈言烂说，不足以形容它的奇妙。所以分别宣扬它们的长处，叙述它们的特性与功能。然后综合这些放在一起的美味，借用官名封号给它们。用"令"（以诏令的形式）写成，是东海龙王的命令。龙独占于海，以君王的身份统治着水族，对水族发号施令，难道还有不可制服的吗？我生活在"水产丰富之国"（指海边），饱尝各种海鲜，以天馋居士自称。看了这个簿子的人，大概会不逗自笑的。

---

① 餍（yàn）烹群鲜：饱尝诸种海鲜。餍，饱食。
② 宜不责而笑也：大概会不逗自笑的。责，求；索取。

玉桂仙君①

（江殊乃江瑶②之文名）

令：咨尔独步王③江殊，鼎鼐④仙姿，琼瑶绀体⑤，天赋巨美，时称绝佳。宜以流碧郡为灵渊国⑥，进号玉桂仙君，称海珍元年。

【译】（略）

章丘大都督⑦

（一、沧浪⑧头盖章举⑨；二、白中隐⑩盖车螯⑪；三、淡

---

① 玉桂仙君：赐封的帝号。

② 江瑶：即江珧（yáo）"。也叫"栉（zhì）江珧"。后闭壳肌干制品称"江珧柱"，也叫"干贝"，是海味珍品。我国南北沿海都产。

③ 咨尔独步王：咨，同"兹"，即此也；尔，即你；独步王即独足王，因其独足固立于泥沙中生活，故以此称之。

④ 鼎鼐（nài）：旧以宰相治理国事，如鼎鼐调和五味，故后即以此喻宰相之权位。鼎，古代炊器，三足两耳。鼐，大鼎。

⑤ 琼瑶绀（gàn）体：天青色的玉体。琼瑶，美玉。绀，天青色，稍微带红的黑色。

⑥ 宜以流碧郡为灵渊国：应将流碧郡称之为灵渊国。流碧郡，指江瑶生长的海域。

⑦ 章丘大都督：章丘，县名，在山东省济南市东部，北滨黄河。大都督系官名。魏、晋、南北朝时，大都督即为全国最高军事统帅。

⑧ 沧浪：青苍色。章鱼体短圆似人头，故呼沧浪头。盖，传疑之词，有大概之意。

⑨ 章举：即章鱼。体短，卵圆形，无鳍。头上生八腕，腕间有膜相连，腕足内侧有吸盘，有的体内有墨囊。通称"八带鱼"。多栖息于浅海泥沙及岩礁处，捕食鱼类及甲壳类。

⑩ 中隐：旧谓以闲散、不重要的官职为隐身之地。白中隐，指无官职之隐居。此处系指车螯肉体隐于壳内。

⑪ 车螯：蛤类。亦作"硨（chē）螯"。《本草纲目》："车螯，其壳色紫，璀璨如玉，斑点如花，以火炙之，则壳开，取肉食之。"

然子①盖蚶菜②；四、季遐③盖虾魁④。）

　　令：章丘大都督、忠美侯沧浪头，隐浪⑤色奇，入瓯称最⑥。杜口⑦中郎⑧将白中隐，负乃厚德，韬其雄姿⑨。殊⑩形中尉⑪兼灵甘尹⑫淡然子，体虽诡异，用实芳鲜。玉德公季遐，纯洁内含，爽妙外济⑬。沧浪头可灵渊国上相无比⑭。白中隐可含珍大元帅、丰甘上柱国⑮兼脆尹。淡然子可天味大

---

① 淡然子：古代男子的美称或尊称。蚶（hān）壳外淡褐而内白，故称淡然子。

② 蚶菜：即蚶。软体动物，壳厚而坚硬，外表淡褐色，有瓦垄状纵线，内壁白色，边缘有锯齿。肉可食。也叫"瓦垄子"或"瓦楞子"。

③ 季遐：虾之异名。

④ 虾魁：虾之特大者。魁，首领；第一。

⑤ 隐浪：隐于浪底。

⑥ 入瓯（ōu）称最：意即盘中最好的菜肴。

⑦ 杜口：闭口不言。

⑧ 中郎：秦、汉官名。为近侍之官，其长称中郎将。

⑨ 韬（tāo）其雄姿：掩藏它的威武姿态。韬，掩藏。

⑩ 殊：特殊。

⑪ 中尉：古代武职官名。秦汉时掌京师治安。

⑫ 尹：官名。汉代以都城的行政长官称尹，元代州、县长官亦称尹。

⑬ 纯洁内含，爽妙外济：内部纯洁，外表爽朗美妙。

⑭ 沧浪头可灵渊国上相无比：沧浪头可做灵渊国无比尊贵的上相。可，可为，可做。上相，对宰相的尊称。

⑮ 柱国：官名。战国时楚国设置，原为保卫国都之官，后为楚最高武官，也称上柱国。唐以后用作勋官称号。

将军、远胜王。季逯可清绡①内相②、颉羹③郡王④。

【译】（略）

爽国公

（一、南宠⑤乃蟟蛣⑥；二、甲藏用⑦乃蟛蜞；三、解蕴⑧中⑨乃蟹；四、解微子⑩乃彭越⑪。）

令：多黄尉、权行尺一令南宠⑫，截然居海，天付巨

---

① 清绡（xiāo）：绡即生丝织成的薄绸、薄纱。清绡即清纱。

② 内相：翰林学士的别称。

③ 颉羹：即敲击羹釜。典出《汉书·楚元王传》。又《括地志》云："羹颉山在妫州怀戎县（即今河北省怀来县）东南。"因而也有人认为高祖是取山名为侯号，以表怨气。

④ 郡王：爵位名。其名始于西晋。唐宋以后，郡王皆为次于亲王一等的爵号。

⑤ 南宠：南国所宠爱。

⑥ 蟟蛣（jié）：蟹之一种。头脑甲宽大，两侧有长棘，略呈梭形，俗称梭子蟹。大者阔可一尺，体色暗绿，步脚稍扁，其第五对扁平似桨，适于游泳。可供食用。为我国产量最大的海产蟹类。

⑦ 甲藏用：甲内藏有用之物。

⑧ 蕴：通"煴（yùn）"，闷热。

⑨ 中（zhòng）：受到。如中毒、中暑。解蕴中，消除受热中暑。《本草纲目》："孟诜曰：（蟹）散诸热，治胃气，理经脉，消食。以醋食之，利胑（同"肢"）节，去五脏中烦闷气，益人。"

⑩ 解微子：指分解为小蟹。

⑪ 彭越：蟹名，亦名"蟛（péng）螖（huá）"。《山堂肆考》："蟛螖，一名彭越。旧传汉醢（hǎi）彭越（即把彭越剁成肉酱），赐九江王布，布不知而食，俄觉（猛然发觉）而哇（吐）出于江中，化为蟹，似蟛蜞（一种小蟹）而小，无毛，穴居易取。"《古今注》："蟛螖，小蟹也。生海边泥涂中，食土。"

⑫ 多黄尉、权行尺一令南宠：多黄，指蟹大黄多。尉，官名。权行尺一令，专职传达诏令。尺一，古代诏板的代称。

材。宜授黄城①监、远珍侯。复以尔专盘②处士甲藏用，素称蟛副③，众许蟹师。宜授爽国公、圆珍巨美功臣。复以尔甘黄州④甲杖大使、咸宜伯解蕴中，足材腴妙⑤，螯德充盈。宜授糟丘⑥常侍⑦兼美公。复以尔解微子，形质肖祖，风味专门，咀嚼谩陈，当置下列⑧。宜授尔郎黄⑨少相⑩。

【译】（略）

① 黄城：指蟹类。

② 专盘：蟳大者如升，能独占一盘，故谓专盘处士。

③ 蟛副：蟳之大仅次于蟳，故谓蟛副。

④ 甘黄州：指蟹类领域。

⑤ 足材腴妙：蟹足肥美。

⑥ 糟丘：酒糟堆积成丘。《新序·节士》："桀（jié）为酒池，足以运舟；糟丘足以池七里。"

⑦ 常侍：官名。此处意为蟹是下酒常品。

⑧ 咀（jǔ）嚼谩（màn）陈，当置下列：用以品味漫谈，应属下品。咀嚼，细细咬嚼。谩陈，漫谈。

⑨ 郎黄：郎，少年男子。彭越体小黄少，又传说是彭越（人名）所化，故名之曰郎黄。

⑩ 少相：小相。

甘松(鬆)左右丞[①]

（仲扃[②]乃蛤[③]蟟[④]蝶[⑤]）

令：合州剌史仲扃重负双宅[⑥]，闭藏不发。既命之为含津令[⑦]，陞之为慤诚君[⑧]矣。粉身功大，偿之实难。宜授紫晕[⑨]将军、甘松左右丞、监试甘圆内史[⑩]。

【译】（略）

清腴馆学士

（文[⑪]名灵蜕[⑫]先生）

令：灵蜕先生，外无排胁之皴[⑬]，内无鲠喉之乱[⑭]。宜授

---

① 甘松左右丞：封号。甘，美味。松，松脆。左右丞，唐代官名。在尚书省仆射之下，分别总领尚书省六部的事务。

② 仲扃(jiōng)：居于门中。扃，自外关闭门户用的门闩、门环之类。借指门扇。

③ 蛤：即蛤(gé)蜊(lí)，软体动物，长约3厘米，壳卵形，淡褐色，边缘紫色，生活于浅海底，肉鲜美可食。

④ 蟟：即蛁(diāo)蟟(liáo)，蝉的一种。

⑤ 蝶：即土蝶。昆虫类。似蝗而小，亦名土飞蝗。

⑥ 重负双宅：载负着沉重的双宅。双宅，指蛤的双壳。

⑦ 既命之为含津令：已经任命为含津令。

⑧ 慤(què)诚君：封号。慤，诚笃，忠厚。

⑨ 紫晕：指蛤蜊贝壳边缘的紫色。晕，日月光线通过云层中的冰晶时经折射而形成的光圈。

⑩ 监试甘圆内史：封号。内史，官名。

⑪ 文：即"文鱼"。"鳢"之别名。《埤雅》："鳢，今元鳢也。诸鱼中唯此鱼胆甘可食。有舌，鳞细，有花文，一名文鱼。"

⑫ 灵蜕：灵蛇蜕变。

⑬ 外无排胁之皴(cūn)：意思是鳢鱼圆长似蛇，体无皱折。

⑭ 内无鲠(gěng)喉之乱：肉内没有鲠塞喉咙的鱼刺。

红铛①祭酒②，清脾馆学士。

【译】（略）

橙齑③ 录事④

（鲈⑤ 名红文生卢清臣）

令：惟尔红文生卢清臣，销酲引兴⑥鳞鬣⑦之乡。宜授赃齑录事、守招贤使者。

【译】（略）

珍曹必用⑧ 郎中⑨

（鲥⑩ 名时充）

令：珍曹必用郎中时充，铛材本美⑪，妙位元高⑫。宜授

---

① 铛：平底锅。

② 祭酒：古代飨宴时酹（lèi）（洒酒于地表示祭奠或立誓）酒祭神的长者。后亦以泛称长年或位尊者。

③ 橙（chéng）齑（jī）：赐予鲈鱼的封号。橙即接触。橙齑，是指以鲈为脍而言。

④ 录事：官名，掌管文书。

⑤ 鲈：鲈鱼，是制脍的上好原料。历史有名的鲈鱼脍是"取香柔花叶相间细切"，和脍拌匀，谓之"金齑玉脍"。

⑥ 销酲（chéng）引兴：消除酒醒后的疲困，重振精神。

⑦ 鳞鬣（liè）：泛指鱼类。鬣，马颈上的长毛。这里指鱼鳍。

⑧ 珍曹必用：制作珍贵食品的官署必用。曹，古时分科办事的官署。

⑨ 郎中：官名。始于战国。汉代沿置，属郎中令，管理车、骑、门户。自隋唐到清，各部皆沿置郎中，分掌各司事务，为尚书、侍郎、丞以下之高级部员。

⑩ 鲥（shí）：鱼名。体侧扁，长达70厘米，银白色，产于近海。春夏之交，溯江产卵。此时体内脂肪肥厚，肉味最为鲜美，为名贵鱼类。

⑪ 铛材本美：本是美好的烹饪材料。

⑫ 妙位元高：美名原来很高。元，本来，原先。

诸衙效死军使，持节①雅州诸军事。

【译】（略）

骨鲠卿②

（鯦③名白圭夫子④）

令：维尔白圭夫子，貌则清癯⑤，材极美俊。宜授骨鲠卿。

【译】（略）

醉舌公⑥

（鼋⑦名甘鼎）

令甘鼎：究详尔⑧调鼎⑨之材，咽舌潮津⑩，宜封醉舌公。

【译】（略）

---

① 持节：执掌。

② 卿：古代高级长官或爵位的称谓。

③ 鯦：鱼名。身体侧扁，长约三四寸，头小而尖，尾尖而细，银白色。生活于海洋中，春夏溯河产卵。俗称凤尾鱼。

④ 白圭（guī）夫子：古代玉器，长条形，上尖下方。夫子，古代对男子的敬称。鯦色白而细长，故名"白圭夫子"。

⑤ 癯（qú）：同"臞"，瘦。

⑥ 醉舌公：封号。醉舌，舌之所极嗜也。醉，沉醉。

⑦ 鼋（yuán）：亦称"绿团鱼"。状似鳖而甚大，头有磊块，故俗称"癞头鼋"。背青黄色，居于江湖。古以其肉为珍味。

⑧ 究详尔：尽知你。

⑨ 调鼎：宰相之职。调鼎之材为双关语，有宰相之材和烹调之材双意。

⑩ 咽舌潮津：口舌泛起涎水。即馋涎欲垂。咽，吞。此处指咽喉。潮，潮水；潮湿。津，唾液。

擐甲①尚书

（鳖名甲拆翁）

令甲拆翁：挟弹于中②，巧也。负担于外③，礼也。介胄自防，不间寒暑④，智也。步武懦缓⑤，不踰规绳⑥，仁也。故前以擐甲尚书荣其迹，显其能。宜授金丸⑦丞相、九肋⑧君。

【译】（略）

典酱大夫⑨

（鲎⑩名长尾先生）

令长尾先生：惟吴越人以谓用先生治酱，华夏无敌。宜授典酱大夫、仙衣使者。

【译】（略）

---

① 擐（huàn，又读 guān）甲：套穿铠甲。擐，套、穿。

② 挟弹于中：指鳖产卵。

③ 负担于外：指鳖甲四周有肉裙。

④ 介胄（zhòu）自防，不间（jiàn）寒暑：穿戴盔甲自卫，冬夏从不间断。介胄，亦作"甲胄"。古时战士用的铠甲或头盔。间，空隙、不连接。

⑤ 步武懦缓：步履缓慢。古以六尺为步，半步为武。

⑥ 不踰规绳：不超越规矩。

⑦ 金丸：指鳖卵。

⑧ 九肋：指鳖甲内似肋的骨架。

⑨ 典酱大夫：掌酱大夫。典，主管、执掌。鲎鱼宜用酱来烹制，故有此名。

⑩ 鲎（hòu）：节肢动物。头胸甲壳呈半月形，腹甲略呈六角形，尾部呈剑状，生活在海底。肉可食。

新美舍人
（石首①名元镇）

令元镇：区区枕石子孙，德甚富焉。宜授新美舍人。

【译】（略）

怀奇令史②
（石决明又名朱子房）

令和羹长③朱子房：酒方沉酣，臭薰一座④，挑筋少进，神明顿还⑤，至于七孔赋形⑥，治目为最⑦。宜授怀奇令史。

【译】（略）

---

① 石首：即石首鱼。鱼类的一科，是我国最主要的海产经济鱼类，重要种类有大黄鱼、小黄鱼、梅童鱼等。耳石特别发达，故名。体延长，侧扁。小者仅十余厘米，大者可达两米。鳔很发达，可制用胶，或干制成"鱼肚"，为名贵食品。

② 令史：官名。

③ 和羹长：是拟人化称谓。和羹，指用它入药。

④ 臭（xiù）薰一座：气味侵袭满座的人。臭，气味。非指恶臭之气。

⑤ 神明顿还：精神立刻恢复。

⑥ 至于七孔赋形：达到耳目口鼻自然赋予的形体。七孔，指耳目口鼻。

⑦ 治目为最：治疗眼睛为最好。

甘盘校尉[1]

（乌贼[2]名甘盘）

令甘盘校尉：吐墨自卫，白事有声[3]。宜授噀[4]墨将军。

【译】（略）

通幽博士

（龟名元介卿）

令元介卿：尔卜灼[5]之効，吉凶了然，所主大矣[6]！宜授通幽[7]博士。

【译】（略）

---

[1] 校尉：古军队官职名。

[2] 乌贼：亦作乌鲗，通称墨鱼。体呈袋形，背腹略偏平，侧缘绕以狭鳍。头发达，眼大。触腕一对，与体同长，顶端扩大如半月形勺，上生许多小吸盘；其他八腕较短，上生四列吸盘，均有角质齿环。介壳呈舟状，很大，埋没外套膜中，通称"乌贼骨"，中药称"海螵蛸"。体色苍白，皮下有色素细胞，因而出现色泽不同的各种斑点。体内墨囊发达，遇敌即放出墨汁而逃走。肉厚味美，供鲜食或干制。

[3] 白事有声：遇到敌害则发出警号。白事，报告事故。

[4] 噀（xùn）：喷。

[5] 卜灼：古人占卜用火的龟甲，认为看了那灼开的裂纹就可以推测出行事的吉凶。

[6] 所主大矣：它所管的事（指吉凶征兆）是很重大的了。

[7] 通幽：通晓隐秘之事。

同体合用功臣

（借眼公乃水母①）

令：惟尔借眼公，受体不全，两相籍赖②。宜授同体合用功臣、左右卫驾海将军。

【译】（略）

点花使者

（李藏珍即真珠③，斑希即玳瑁④）

令李藏珍。照乘走盘⑤，厥价不赀⑥。斑裁簪制器，不在金银珠玉之下。藏珍宜授圆辉隐士。斑希宜授点花使者。

【译】（略）

---

① 水母：腔肠动物。身体形状似伞，口在伞盖下面的中央，口周围有四条口腕与胃腔相通，伞盖周围有许多触手，触手上有丝状的刺，是进攻敌人和自卫的武器，也用来捕食动物。种类很多，有海月水母、海蜇等。

② 受体不全，两相籍赖：水母无眼，虾借水母栖身，水母借虾为目。因呼借眼公。籍，通"藉"，借。

③ 真珠：珠母及蚌等壳内所生之球状物，通名珍珠。形圆如豆，色白如银，清丽可爱，为珍贵之装饰品，并可入药。

④ 玳（dài）瑁（mào）：动物名。海龟科。长约6米，大者可达16米。背甲黄褐，心脏形，腹甲黄黑，头部上面被甲，四肢呈鳍足状，前肢较大，有二爪，后肢一爪。性强暴，肉有剧臭，卵可食，甲光滑，可制装饰品和眼镜架，亦可入药。

⑤ 照乘走盘：意为按值定价。乘，计算。盘，旧指市场买卖的价格。

⑥ 厥价不赀（zī）：其价不可计量。厥，其。

梵响① 参军

（牡蛎②曰房叔化；梵响曰屈突通；砑光螺③曰阮用光；孔珂④曰罗幼文。）

令：房叔化粉厕汤丸⑤，裹护丹器⑥。屈突通振声远闻，可知佛乐。阮用光运体施功，物皆滑莹⑦。罗幼文类乎贝孙⑧，点缀鞍勒，粲然可观，小有文采。叔化可豪山太守、乐藏监固济⑨。突通可曲沃⑩郎、梵响参军摄⑪玉塔舍人。用

---

① 梵响：即"梵声""梵音"。诵经声。此处用为水族名词，不知所由，待考。
② 牡蛎（lì）：简称"蚝（háo）"。软体动物，两个贝壳中，一个小而平，另一个大而隆起，壳的表面凹凸不平。可供食用，味鲜美，也可加工制蚝豉、蚝油及罐头品。壳可烧石灰，也可入药。
③ 砑（yà）光螺：即紫贝，一名文贝。壳质白如玉，有紫斑，光洁可爱，大者至尺余。古人所用货币，以此为最贵。画家多以此砑物，故亦名砑螺。砑，碾。以石碾磨纸、布、皮革等物使之光滑。
④ 珂（kē）：动物名，贝属。《本草纲目·介部·珂下》："别錄（lù）曰：'珂生南海，白如蚌'；恭曰：'珂，贝类也，皮黄黑而骨白，堪以为饰'"。古时用作马笼头的装饰品，故亦以珂为马勒或马的代称。
⑤ 粉厕汤丸：粉身置于汤丸（药）。厕，置；参加。
⑥ 裹护丹器：疑是指裹护丸药的外皮。
⑦ 运体施功，物皆滑莹：运动身体，施展功夫，物体皆晶莹光滑。
⑧ 贝孙：贝的孳生物。孙，植物再生或孳生的。
⑨ 乐藏监固济：官职名称。监，官署名。
⑩ 曲沃：县名。在山西省西南部。
⑪ 摄：兼理。

光可检校①大辉光②，宜充掌书记③。幼文可乌衣丞。

【译】（略）

济馋都护

（田青是螺蛳④，申洁是蛙⑤，江伯夷是鲊鮧⑥，屯江小尉是江独⑦）

令：惟尔田青，微藏浅味，无所取材，世或烹调以为怪品。申洁，苍皮瘾疹⑧，矮股跳梁。江伯夷，宋帝酷好⑨，鳔则别名⑩。屯江小尉，鱼工得隽⑪，亦号甘肥。青宜授具体郎。洁宜授济馋⑫都护⑬，行水乐令⑭。伯夷宜授宋珍都尉，

① 检校：查核，察看。

② 大辉光：被研物之光泽。

③ 书记：古代在官府主管文书工作的人员。

④ 螺蛳：与田螺同类异种。长寸许，壳色黑细长，厚于田螺，产于河溪、湖泊中，可供食用。

⑤ 蛙：田鸡，有青蛙、雨蛙等种类。

⑥ 鲊（zhú）鮧（yí）：即鱼肠酱。

⑦ 江独：即"江豚"，亦称"江猪"。

⑧ 瘾疹：中医学病名。即荨麻疹，俗称"风湿块"。此处指蛙皮。

⑨ 宋帝酷好：南朝宋明帝刘彧（yù）嗜鲊鮧。《南史·宋本纪第三》：明帝彧"以蜜渍鲊鮧，一食数升。"

⑩ 鳔则别名：《本草纲目·鳞部四》"鲊鮧"李时珍集解："观此则鳔与肠皆得称鲊鮧矣。今人以鳔煮冻作膏，切片，以姜醋食之，呼为鱼膏者是也。"别名，即指鱼膏。

⑪ 隽（jùn）：隽，同"俊"。这里指美味。

⑫ 济馋：解馋。

⑬ 都护：官名。

⑭ 行水乐令：水中奏乐行令。水乐，指蛙之鸣声。

南海詹事①。屯江小尉宜授追风使，试②汤波太守。

【译】（略）

银丝省餍德郎

（锦袍氏鳜③也；李本鲤④也；鲜于虀鲫也；楚鲜⑤白鱼⑥也；缩项仙人鳊⑦也；食宠⑧侯鲟鳇⑨也；单长福鳝⑩也；管总鳡⑪也；备员居士东崇⑫也；唐少连崇连⑬也。）

---

① 詹事：官名。始于秦。职掌皇后、太子家事。

② 试：出任。

③ 鳜（guì）：鱼名。亦称桂鱼。体侧扁，背部隆起，长达60厘米。青黄色，具不规则黑色斑纹。口大，鳞细小。肉质鲜嫩，是我国名贵淡水鱼类之一。《山海经》："鳜大口而细鳞，有斑彩。"故以锦袍氏名之。

④ 鲤：鲤科。体延长，稍侧扁，长约40—50厘米。体青黄色，尾鳍下叫红色。栖息于水底，食性杂。

⑤ 楚鲜：齐整；鲜明。

⑥ 白鱼：亦名鲦（jiǎo）鱼、鲌（bó）鱼。体延长，侧扁；口大，斜或上翘；腹面全部或后部具肉棱。大者可达10余斤，肉质鲜嫩，为淡水经济鱼类之一。

⑦ 鳊（biān）：鱼名。体甚侧扁，中部较高，略呈菱形，重可达4斤。银灰色。腹面全部具肉棱。头小，上下颌前缘具角质突起。分布于江河湖泊，肉味鲜美，为重要经济鱼类之一。

⑧ 食宠：为人宠爱之食物。

⑨ 鲟鳇：鲟鱼、鳇鱼之合称。均属鲟科。两者体形相似，亚圆筒形，长达3～5米，唯鳇左右腮膜相连。肉味鲜美，卵为珍贵食品。

⑩ 鳝："鳝"的异体字。亦称"黄鳝"。体呈鳗形，黄褐色，具暗色斑点。头大，口大，唇厚，眼小，无鳞。栖息池塘、小河、稻田等处，常潜伏泥洞或石缝中。

⑪ 鳡：查无此字，不明所指。

⑫ 东崇：疑是指"鲧（gǔn）"。鲧，大鱼。也是传说中原始时代的部落首领的名字。鲧居于崇（相传为鲧之封国。在今河南嵩县北。又称有崇氏），号崇伯。故疑借东崇以指鲧（大鱼）。

⑬ 崇连：不明所指。

令：以尔锦袍氏，骨踈肉紧，体具文章①。宜授苏肠②御史、仙盘游奕③使。以尔李本，三十六鳞④，大烹允尚⑤。宜授跨山君子⑥、世美公。以尔鲜于羹，斫脍精妙⑦，见称杜陵⑧。宜授轻薄使⑨、银丝⑩省⑪餍德⑫郎。以尔楚鲜，隐釜

---

① 骨踈（shū）肉紧，体具文章：《尔雅•翼》："鳜鱼，巨口而细鳞，鬐（qí）鬣（liè）皆圆，黄质黑章，皮厚而肉皮，特异常鱼。"质，质地。黑章，即黑色斑纹。章，文采。

② 苏肠：医治肠胃之病。《本草纲目》：鳜可"补虚劳，益脾胃""治肠风泻血"。苏，可作病体复原解。

③ 游奕：闲游。《尔雅•翼》："昔仙人刘凭常食石桂鱼，今此鱼犹有鳜名，恐即是也。"此当为"仙盘"所指。奕，闲。

④ 三十六鳞：《尔雅•翼》："古云：'鲤脊中鳞一道，每鳞有小黑点文，大小皆三十六鳞'。按是胁正中一道尔，非脊也。"

⑤ 大烹允尚：为丰盛筵席所崇尚。大烹，丰盛的肴馔。允，得当；相称。尚，崇尚。

⑥ 跨山君子：《埤雅》："俗说鱼跃龙门，过而为龙，唯鲤或然。是以仙人乘龙，亦或骑鲤，乃至飞越山湖。"

⑦ 斫（zhuó）脍（kuài）精妙：言鲤为制脍之精品。脍，同"鲙"。细切的肉丝或肉片。杨晔《膳夫录》："脍莫先于鲫鱼、鳊、鲂、鲷、鲈次之。"

⑧ 杜陵：杜甫别名。杜陵，本古县名，治所在今陕西西安市东南，因汉宣帝筑陵于东原上，故名。后宣帝许后葬于鸿固原，因其陵小于宣帝杜陵，故名少陵。唐诗人杜甫居于陵西，故自称少陵野老，亦称杜陵老。杜甫对精美之名脍屡有赞颂。其中《陪郑广文游何将军山林十首》有"鲜鲫银丝鲙，香芹碧涧羹"之句。"见称杜陵"即指此。

⑨ 轻薄使：鲙品要求极薄极细。《酉阳杂俎》："进士段硕常识南孝廉者，善斫鲙，縠（gǔ）薄丝缕，轻可吹起。"轻薄，即指鲙而言。

⑩ 银丝：即上引杜诗中的银丝鲙。

⑪ 省：官署名。

⑫ 餍（yàn）德：饱食的功德。

沉糟，价倾淮甸①。宜授倾淮别驾②。以尔缩项仙人，鬼腹星鳞③，道亨襄汉④。宜授槎头⑤刺史。以尔食宠侯，友节斑斓⑥。标致高爽⑦。宜授添厨太监。以尔单长福，曲直靡常，鲜载具美⑧。宜授泥蟠⑨掾⑩。以尔管统，肖象菜伯⑪，可备煎和。宜授长白侯、同盘司、箸局平章事⑫。以尔备员居士，腥粗无状，见取俗人。宜授鍊身公子⑬。以尔唐少连，池塘

---

① 隐釜沉糟，价倾淮甸：熟烹或糟腌（的白鱼），价值超过淮河出产的其他珍品。隐釜，隐于釜底。意指烹饪。沉糟，用酒糟腌制。倾，胜过、超越。淮，淮河。甸，田野的出产物。

② 别驾：官名。汉置别驾从事史，为刺史的佐吏，刺史巡视辖境时，别驾乘驿车随行，故名。

③ 鬼腹星鳞：鬼腹指鳊腹面具肉棱，怪异，故称鬼腹。星鳞即言鳞之细小。

④ 亨襄汉：亨，通达顺利。襄汉指襄河、汉江。汉江发源于陕西省宁强县，流经秦巴山地，向东到湖北省武汉市注入长江。汉江在襄樊市以下称襄河。

⑤ 槎（chá）头：《襄阳耆旧传》："岘山下汉水中出鳊鱼，肥美，禁人采捕，以槎断水，谓之槎头缩项鳊。"孙炎释《尔雅》："积柴木水中养鱼曰槮（sēn）。襄阳俗谓槮为槎头，言积柴木槎枒（yā）然也。"槎，槎枒。同"杈枒"，树的分枝。

⑥ 友节斑斓：友节，鲟鱼体被五纵行骨板，友节疑指此。斑斓指颜色错杂灿烂。鲟鳇身具青黄、灰绿等色。

⑦ 标致高爽：标致指容貌出众，高爽指体长而圆之爽朗状。

⑧ 鲜载具美：味形具美。载，装饰。具，同"俱"，都。

⑨ 泥蟠：泥中盘曲而伏。

⑩ 掾（yuàn）：古代属官的通称。

⑪ 肖象菜伯：肖象即类似，菜伯指蔬菜。

⑫ 同盘司、箸局平章事：与管理盘、筷的官署共同处理政务。司、局，官署名。

⑬ 鍊身公子：意即体力劳动者的充饥之物。鍊身，指体力劳动。鍊，同"炼"。

下格①，代匮充庖②。宜授保福军③节度使。

【译】（略）

春荣小供奉

（河豚④名黄⑤荐可⑥）

令黄荐可：尔泽嫩⑦可贵，然失于经治⑧，败伤厥毒⑨，故世以醇疵隐士为尔之目⑩。特授三德尉兼春荣⑪小供奉⑫。

【译】（略）

---

① 池塘下格：被阻隔于池塘之下。格，受阻碍，被阻隔。

② 代匮（kuì）充庖（páo）：补充厨房缺乏的东西。匮，缺乏。庖，厨房。

③ 保福军：即饱腹军。保福，借音。

④ 河豚：古称"鲵"或"鯸鲐"。鱼纲鲀科鱼类的俗称。体圆筒形，有气囊，能吸气膨胀。肉鲜美，唯肝脏、生殖腺及血液含有毒素，经处理后可食。产于沿海，也进入淡水。

⑤ 黄：指黄色斑纹。《尔雅·翼》："鲵，今之河豚。状如蝌蚪，腹下白，背上青黑，有黄文。"

⑥ 荐可：可进献。

⑦ 泽嫩：润泽鲜嫩。

⑧ 失于经治：治理失常。经治，正常治理。

⑨ 败伤厥毒：伤害人，致其中毒昏厥。败伤，伤害。

⑩ 故世以醇疵隐士为尔之目：故世间以醇疵隐士作为你的名称。醇疵，意指肉味美而肝脏等有毒。醇，醇美。疵，小毛病。

⑪ 春荣：荣指繁盛，春荣指盛春。欧阳修《六一诗话》："河豚尝出于春暮，群游而上，食絮而肥，南方人多与荻芽为羹，云最美。"

⑫ 供奉：指在皇帝左右供职者的称呼。

辅庖生

（鳆①名新餐氏②）

令新餐氏：尔疗饥无术③，清醉有材④。莽新妖乱⑤，临盘肆餐⑥。物以人汙，百代宁洗⑦。尔之得氏，累有由矣⑧。宜特补辅庖⑨生⑩。

【译】（略）

表坚郎

（蚬⑪名盖顽）

令盖顽：生于泥沙，薄有可采⑫。宜授表坚⑬郎。

【译】（略）

---

① 鳆：即"鲍"，俗称"鲍鱼"，亦名"石决明"。

② 新餐氏：以王莽嗜鳆鱼取名。新指王莽新朝。

③ 疗饥无术：无解决饥饿之术。

④ 清醉有材：是醒酒的有用之材。

⑤ 莽新妖乱：指王莽夺取汉政权。

⑥ 临盘肆餐：放入盘中作为餐物。临，到。肆，陈设。《汉书·王莽传》："莽军师外破，大臣内畔（通"叛"），左右亡（失去）所信。莽忧懑（mèn）不能食，亶（dàn，通"但"）饮酒，啗（dàn，意吃）鳆鱼。"

⑦ 物以人汙（wū），百代宁洗：意为王莽沾污了鳆鱼的名声，百代难以洗掉。汙，"污"的异体字。

⑧ 尔之得氏，累有由矣：你之所以得新餐氏之名，是屡有原由的。

⑨ 辅庖：辅助庖厨。

⑩ 生：古时儒者之称。

⑪ 蚬（xiǎn）：软体动物瓣鳃类。壳心脏形，长寸许，表面暗褐色，有刻纹，内面色紫。栖淡水泥沙中，肉可食用。

⑫ 薄有可采：采获量微小。薄，轻微狭小。

⑬ 表坚：外壳坚实。

禽名门（三十二事）

羹本①

郝轮②陈留③别墅畜鸡④数百。外甥丁权伯⑤劝谕轮："畜一鸡日杀小虫无数，况损命莫知纪极⑥，岂不寒心。"轮曰："汝要我破除羹本。虽亲而实疏也。"

【译】郝轮在陈留的别墅里养了几百只鸡。外甥丁权伯劝他："每养一只鸡每天要杀掉无数小虫，伤害那么多性命，岂不是令人寒心啊"。郝轮回答："你要我废除做羹的根本原料。虽然我们是亲戚，但实际上已经疏远了。"

插羽佳人⑦

豪少年，尚蓄鸽⑧，号半天娇。人以其蛊惑过于娇女艳

---

① 羹本：做羹的根本原料。指鸡作为原料。
② 郝轮：人名。
③ 陈留：旧县名，在今河南开封市东南；又为郡、国名。西汉时置，治所在今河南开封市东南，管辖地区为今河南省东至民权、宁陵，西至开封、尉氏，北至延津、长垣，南至杞县、睢县。晋时改为国，移治小黄（今开封东北）。南朝宋时又改为郡，徙治仓垣城。这里指宋时的陈留郡。
④ 畜鸡：养鸡。
⑤ 丁权伯：人名。
⑥ 损命莫知纪极：伤命不知多少。纪极，终极、限度。《后汉书·杨震传》："无厌之心，不知纪极。"
⑦ 插羽佳人：插翅美人。指鸽子。
⑧ 尚蓄鸽：爱好养鸽。尚，习尚，爱好。蓄，蓄养。

妖①，呼为"插羽佳人"。

【译】豪门少年，喜欢养鸽子，号称半天娇。人们因为鸽子的迷惑力胜过艳丽娇媚的女子，称为"插羽佳人"。

白鸥②脯

陈乔③、张佖④之子，秋晚并游玄武湖⑤。时群鸥游泛，佖子曰："一轴内本潇湘⑥"。乔子俄顾⑦吏卒⑧云："此白色水禽可作脯否？"佥议⑨云："张佖子半茎凤毛⑩，陈乔男一堆牛屎。"乔子从是得"陈一堆""白鸥脯"之名。

【译】陈乔和张佖的儿子，秋天晚上一起游览玄武湖。看到一群鸥在水上游，张佖的儿子说："这是一轴宫廷的潇湘画。"陈乔回头问下人："这白色的水禽能做肉脯吗？"

---

① 人以其蛊惑过于娇女艳妖：人们因为它的迷惑力胜过艳丽娇媚的女子。蛊惑，迷惑，使人迷乱。

② 鸥：水鸟。翼尖长，善于飞翔，能游水，体羽多灰白色。我国常见的有海鸥、银鸥和燕鸥等。白鸥是鸥类鸟的一种。

③ 陈乔：五代时南唐卢陵人，字子乔。官至翰林学士承旨、门下侍郎兼枢密使。

④ 张佖（bì）：宋时常州人。初在南唐任内史舍人。归宋，曾任虞部郎中等职。

⑤ 玄武湖：在江苏省南京市城东北玄武门外。

⑥ 一轴内本潇湘：一轴（幅）宫廷内的潇湘画。一轴，装裱之书画一卷曰一轴。内，指皇宫。内本，即宫内藏本。潇湘，水名。湖南省境之湘水在零陵县西与潇水合流，世称潇湘。

⑦ 俄顾：随即回头注视。俄，不久；旋即；顷刻。顾，回看；瞻望。

⑧ 吏卒：指随从之小吏及差役。

⑨ 佥（qiān）议：众人评议。佥，众人；大家。

⑩ 半茎凤毛：比喻才德甚微。旧时以凤比喻有才德之人。半茎，半根。

大家评论说："张似的儿子是半根凤毛，陈乔简直是一堆牛屎。"乔子从这以后得了"陈一堆""白鸥脯"的名。

家常膃肭脐①

膃肭脐不可常得。野雀②久食积功③，固精峻紧④，盖家常膃肭脐也。

【译】海狗的生殖器不是寻常能够得到的。常吃野雀也有积滋补之功效，对补肾固精有很大好处，可以算是家常的滋补佳品（用野雀替代膃肭脐）吧。

婆娑儿⑤

郑遨⑥隐居。有居士问："何以阅日⑦？"对曰："不注目于婆娑儿，即侧耳于鼓吹⑧"。长谓："玩鸥而

---

① 膃（wā）肭（nà）脐：海狗的阴茎和睾丸。因阴茎及睾丸与脐相连，连脐取之，故名。中医用为滋补药品。膃肭，即膃肭兽，也叫"海狗"或"海熊"，哺乳动物。雄性体长六七尺，雌性三尺余。四肢短小如鳍，趾有蹼，尾巴短，毛紫褐色或深灰色，雌的毛色淡。生活于海洋江河中，能在陆地上爬行。

② 野雀：野外之雀。《本草纲目》云：雀肉味甘温，无毒。功能壮阳益气，暖腰膝，缩小便，治血崩带下。

③ 久食积功：久食可积滋补之功效。

④ 固精峻紧：对补肾固精作用很大。

⑤ 婆娑（suō）儿：舞蹈。

⑥ 郑遨：后晋白马（古县名，在今河南省）人。唐末应进士试不中，入少室山为道士，种田自给。

⑦ 阅日：度日。

⑧ 不注目于婆娑儿，即侧耳于鼓吹：不看舞蹈，就听鼓乐。鼓吹，古代的一种乐器合奏，即"鼓吹乐"。

听蛙①也。"

【译】郑遂隐居了。有人问他:"你靠什么度日呢?"他回答说:"不看舞蹈,就听鼓乐"。老人说:"这是玩赏鸥而听蛙鸣啊"。

黑凤凰

礼部②郎③康凝④,畏妻甚有声。妻尝病,求乌鸦为药。而积雪未消,难以网捕。妻大怒,欲加捶楚⑤。凝畏惧,涉泥出郊,用粒食引致之⑥,仅获一枚。同省⑦刘尚贤戏之曰:"圣人以凤凰来仪为瑞⑧,君获此免祸,可谓黑凤凰矣!"

【译】礼部郎官康凝是出了名的怕老婆。有一次妻子病了,要用乌鸦做药。但是雪还没融化,很难用网捕到乌鸦。妻子生气了要打他。康凝很害怕,就踩着泥到郊外去抓,用谷子作饵抓了一只。他的同僚刘尚贤开玩笑说:"圣人以凤凰来朝见作为吉祥,你抓到乌鸦免去挨打,它

---

① 听蛙:"听蛙鸣"的省略。
② 礼部:官署名。隋唐为六部之一,掌礼仪、祭享、贡举等职。长官为礼部尚书。
③ 郎:帝王侍从官的通称。郎官名目众多,这里可能是指"郎中",职位在侍郎以下。
④ 康凝:人名。
⑤ 捶楚:同"棰楚",杖刑。此处意为鞭打。
⑥ 用粒食引致之:用谷物招引它。粒食,以谷物为食。致达到;引来。
⑦ 同省:意即尚书省同僚。隋唐以来,政权机构设有尚书、门下、中书等省。礼部属尚书省。
⑧ 以凤凰来仪为瑞:以凤凰来朝见为吉祥。仪,向往;礼节;仪式。瑞,吉祥。

可以称作黑凤凰了！"

兀地奴①

世呼鹅为兀地奴，谓其行步盘跚②也。

【译】世人把鹅叫作兀地奴，意思是说它走路一拐一拐的（像跛足的奴仆）。

减脚鹅

御史③符昭远曰："鸭颇类乎鹅，但足短耳。宜谓之'减脚鹅'"。

【译】御史符昭远说："鸭子很像鹅，但是脚短。应该叫'减脚鹅'"。

轩郎④

韩中书⑤，俾⑥舒雅⑦作《鹤赋》。有曰："眷彼轩郎⑧，治兹松府⑨"。

---

① 兀（wù）地奴：跛足的奴仆。兀，指断足。这里意为受过断足刑而颠跛。

② 盘跚（shān），同"蹒跚"。形容一走一拐的样子。

③ 御史：官名。秦以前本为史官。汉以后，因职务不同，名目不一。唐代有侍御史、殿中侍御史和监察御史三种。五代、宋仍沿袭此制。

④ 轩郎：是对鹤的人格化称谓。《左传·闵公二年》："卫懿公好鹤，鹤有乘轩者。"轩，大夫所乘的车。故此处以"轩"借指鹤。郎，官职名。

⑤ 中书：官职名。隋、唐、五代无此官职，此处是"中书令"之略称。

⑥ 俾：使，命。

⑦ 舒雅：南唐时进士。归宋后曾任秘阁校理、舒州知事等职。

⑧ 眷彼轩郎：怀念你轩郎。眷，回顾，恋慕。引申为关心；怀念。彼，你。

⑨ 治兹松府：治理此松府。兹，此；这。府，官署的通称。古以松、鹤为长寿之物，因前句有"轩郎"，故用"松府"相对。

【译】韩中书，命令舒雅作《鹤赋》。有一句是："眷彼轩郎，治兹松府。"

书空匠①

乾祐中②，冷金亭赏菊，分韵赋秋雁③。族子④秘书丞敞先就⑤。诗曰："天扫闲云秋净时⑥，书空匠者最相宜⑦"云云。

【译】乾祐年间，众人在冷金亭赏菊花，以秋雁为题分韵作赋。同族兄弟秘书丞敞顺利地先作好了。诗说："天扫闲云秋净时，书空匠者最相宜"等等。

福德长

韩轸家藏《三义雁图》，有赞云："伺察非常为福德长⑧。"

【译】韩轸家收藏有《三义雁图》，图上有赞说："伺

---

① 书空匠：善于在空中写出字形的人。此处指雁，雁翔空中往往排成"人"字或"一"字。

② 乾祐中：乾祐年间。乾祐，后汉高祖年号（公元948—950年），陷帝、北汉刘旦文、刘钧均沿用不改。

③ 分韵赋秋雁：以秋雁为题分韵作赋。分韵，作诗术语。指作诗时先规定若干字为韵，各人分拈韵字，依韵作诗，叫做"分韵"，一作"赋韵"。赋，吟咏，歌颂。

④ 族子：同族兄弟之子。

⑤ 先就：顺利地先作好了。

⑥ 天扫闲云秋净时：天气晴朗，秋高气爽的时候。

⑦ 书空匠者最相宜：对长空飞行的雁群最为合适。

⑧ 伺察非常为福德长：侦察突如其来的事变是为了福德长在。伺察非常，指雁之俯视地面。伺察，侦察。非常，指突如其来的事变。福德，由善行所得福利。

察非常为福德长。"

灌阳公①

宣城②开元寺,殿上有鹤营巢③。沙门④梵报⑤撰《灌阳公开府记》。

【译】宣城开元寺,殿上有鹤做窝。沙门记事上记载有《灌阳公开府记》。

瓦亭仙⑥

鹳⑦多在殿阁鸱尾⑧及人家屋兽为窠⑨,故或有呼瓦亭仙者。

【译】鹳大多在鸱吻及人家屋兽上做巢,所以有人管它叫瓦亭仙。

---

① 灌阳公:系对鹤之敬称。灌阳,县名。在今广西壮族自治区东北部。
② 宣城:郡名。治所在宛陵(今安徽宣城)。
③ 营巢:筑窠。
④ 沙门:佛教名词。梵文音译之略。意译"息心"或"勤息"。原为古印度各教派出家修道者的通称,后佛教专指依照戒律出家修道的人。
⑤ 梵报:可能是指佛教寺院写的记事文章。梵,佛教用语。用来称呼与佛教有关的事物。
⑥ 瓦亭仙:对夜栖屋顶的鹳的喻称。
⑦ 鹳(guàn):大型涉禽。形似鹤、鹭;嘴长而直。翼长大而尾圆短,飞翔轻快。常活动于溪流近旁,夜宿高树。
⑧ 鸱(chī)尾:即"鸱吻"。我国古建筑屋脊上的一种装饰。
⑨ 屋兽为窠:指夜栖于屋兽。屋兽指兽形的屋脊装饰物。

青喜①

李正己②被囚执③,梦云:"青雀④噪⑤,即报喜也。"是旦果有群雀啁啾⑥,色皆青苍。至今李族居淄青⑦者,呼雀为"青喜"。

【译】李正己被囚禁,梦见有人说:"青雀喧噪,就是报喜。"这天早晨果然有一群雀叫,毛色都是青的。现在居住在淄青的李家全族,都管雀叫"青喜"。

凤隐⑧

韦嗣立宅后林麓邃密⑨,有黄鹄一双潜于崖侧⑩。每韦氏有吉庆事,则先期盘翔。时人议曰:"人君德感,凤凰呈瑞。世未尝无凤凰,非可出之时,而自隐耳。今山鹄为韦氏家候祥报吉,否则,与凤隐同焉者也。"

---

① 青喜:青雀报喜。

② 李正己:唐,高丽人。曾任淄青节度使及检校司空等职。

③ 囚执:囚禁。

④ 青雀:鸟名。

⑤ 噪:喧噪;群鸣。

⑥ 是旦果有群雀啁(zhōu)啾(jiū):这天早晨果然有群雀叫鸣。是,此。旦,早晨。啁啾,鸟鸣声。

⑦ 淄青:唐方镇名。一度辖今山东省大部及河南、安徽、江苏一部分。

⑧ 凤隐:凤凰隐蔽不出。

⑨ 韦嗣立宅后林麓邃密:韦嗣立住宅后面山深林密。韦嗣立,唐代人。曾任凤阁侍郎、兵部尚书等官职。麓,山脚。邃,深远。

⑩ 有黄鹄一双潜于崖侧:有一对天鹅隐藏在山石旁边。黄鹄,即天鹅。潜,暗藏。崖,山石。

【译】韦嗣立房屋后面山林深密,有一对天鹅隐藏在山崖旁边。每次韦家有好事发生,它们就先盘旋飞翔。当时的人议论说:"君主的恩德感人,凤凰就会呈现祥瑞。世上并不是没有凤凰,只是不到出现的时候,凤凰就自己隐藏起来了。现在野天鹅为韦家报告祥瑞,否则,就会和凤凰一同隐藏起来。"

半瑞①

吴兴②罗捕者③得一鸢④。紫翠色,俊鸷⑤可喜。山民朱神佐以谓⑥:"钱俶初即位⑦,此是珍祥,献之必推赏典⑧。"即重价偿罗者⑨,携诸杭。将献鸢,无故而殒。滑稽者多以"半瑞"之言嘲神佐。

【译】吴兴抓鸟的人捕到一只老鹰。紫翠色,既秀美又凶猛。山里人朱神佐因而说:"钱俶刚登上王位,这是吉祥

---

① 半瑞:半吉祥。
② 吴兴:县名。在今浙江省湖州市。
③ 罗捕者:以网捕鸟的人。罗,捕鸟的网。
④ 鸢(yuān):鸟名。亦称"老鹰"。
⑤ 俊鸷(zhì)可喜:秀美而又凶猛,令人喜爱。俊,容貌秀美。鸷,凶猛。
⑥ 山民朱神佐以谓:山里人朱神佐因而说。
⑦ 钱俶(chù)初即位:钱俶刚登上王位。钱俶,五代时吴越国君。即位,帝王登基。
⑧ 献之必推赏典:献给帝王必然受到奖赏。推赏典,按规定条例奖赏。推,举荐或被举荐。
⑨ 即重价偿罗者:随即以高价付给了捕鸟人。偿,偿还;报酬。罗者,捕鸟人。

的象征，献给大王一定可以获得封赏。"就用很高的价格从抓鸟人手上买走了老鹰，带到杭州。正准备进献，老鹰却无故死了。爱开玩笑的人就用"半瑞"的话嘲笑朱神佐。

肉寄生①

章贡②小蒙川③苏氏山林多鸠④。宾客满座，可悉餍饫⑤。一网数十百，咄嗟可具⑥。故其党戏之曰："此君家肉寄生也。"

【译】章贡小蒙川苏家的山林里有很多鸠。即使家中客人满座，也可全部满足饱食的需要。一网捕上几十或上百只，马上就可以办到。所以他朋友开玩笑说："你家是肉寄居生存的地方。"

九苞奴⑦

《动植广疏》云："雉，一名'九苞奴'"。谓其有文无德，真凤凰之奴隶。

---

① 肉寄生：肉寄居生存的地方。

② 章贡：江西有章水、贡水。疑指章贡两水之间地区。

③ 小蒙川：地名。

④ 鸠：鸠鸽科部分种类的通称。我国有绿鸠、南鸠、鹃鸠和斑鸠等。

⑤ 宾客满座，可悉餍饫（yù）：（家里）坐满客人，也可全部满足饱食的需要。悉，全部。饫，饱食。

⑥ 一网数十百，咄（duō）嗟（jiē）可具：一网捕数十或上百只，霎时即可备齐。咄嗟，原意为吆喝、吩咐。咄嗟可具，犹言"说话就得"。

⑦ 九苞奴：凤凰之奴隶。九苞，凤凰之别称。凤羽之色采凡九聚，故名。苞，物丛生曰苞。

【译】《动植广疏》说:"雉,又叫'九苞奴'"。是指它身上有漂亮的纹羽,但没有凤凰的名望,实是凤凰的奴隶。

哑瑞

于頔①、董天休②俱为鄜州从事③。頔文辨④,天休木讷而衣冠甚丽。一日,有吏人⑤获锦雉⑥来献,頔笑曰:"此物毛羽粲错⑦,但鸣不中律吕⑧,亦哑瑞而已矣!"天休觉其谑己⑨,徐曰:"若以声语求之,蝉亦可取。其如闹禅师座上敲拄杖示众,而望道远矣!"頔衔之⑩。因兹日益参商⑪,讼

---

① 于頔(dí):唐,河南洛阳人,字允元。历任湖州刺史、山南东道节度使等职。官至宰相。
② 董天休:履历不详。
③ 俱为鄜(fū)州从事:都是鄜州从事。鄜州,在陕西北部。从事,官名。汉以后州郡长官皆自辟僚属,多称为"从事"。
④ 文辨:善争辩。文,文华;辞采。辨,通"辩"。
⑤ 吏人:官府中办理文书的小吏或差役。
⑥ 锦雉(zhì):即锦鸡。形状和雉相似,雄的头上有金色冠毛,颈橙黄色,背暗绿色,杂有紫色,尾巴很长;雌的羽毛暗褐色。多饲养以供玩赏。
⑦ 毛羽粲(càn)错:羽毛灿烂华丽。粲,鲜艳;灿烂。错,用金涂饰。
⑧ 鸣不中律吕:叫声不合音律。意即叫声不悦耳,难听。律吕,音乐术语。"六律""六吕"的合称。这里泛指乐律或音律。
⑨ 谑(xuè)己:耍笑自己。
⑩ 衔之:怀恨他。衔,口含。引申为藏在心里。也指怀恨。
⑪ 因兹日益参商(shēn):因此一天比一天感情不和。参商,参和商都是星名,二十八宿之一。二星此出则彼没,两不相见,因以比喻亲友不能会面。也比喻感情不和睦。

于有司。至于相骂辱讥诮之诗，悉著在史牍①。若发诵之，可清欢竟日。目为"凤凰案"。

【译】于頔、董天休两人都在廊州担任从事。于頔善于辩论，董天休则木讷但衣着很华丽。一天，有下边小吏抓了锦雉来进献，于頔笑着说："这东西羽毛鲜艳华丽，但叫声不好听，也就是个哑瑞罢了！"天休觉得于頔讽刺自己，慢慢地开口："如果用声音来要求的话，蝉也可取。就像闹禅师在座上敲打拐杖给别人看，可是名望道德都差远了！"于頔因此话记恨天休。二人的感情一天比一天不合，就到官吏处争论。甚至将互相辱骂、讥讽的诗，都写在记事文件里。如果打开朗读，可以使人终日大笑。这称作"凤凰案"。

长生网

鹌②之为物，惟闻同类之声则至。熟其性，必求鹌之善鸣者诱致，则无不获。自号引鹌为"长生网"。

【译】鹌鹑这种动物，只要听见同类的叫声就会飞来。熟悉它们这种性格，必然寻求善于鸣叫的鹌鹑来引诱它们的同类，几乎没有抓不到的。这种起引诱作用的鹌鹑叫"长生网"。

---

① 悉著在史牍（dú）：全部编入记事文件。著，撰述，写作。这里为编撰之意。史牍，指记事文件。牍，古代写字用的木片。又指文件、书信。

② 鹌：鹌鹑的简称。鸟纲，雉科。雄鸟体长近20厘米，体形酷似小鸡，头小尾秃，周身羽毛都有白色羽干纹。以谷类和杂草种子为食。雄性好斗。肉味美，卵亦可食。

族味

鹑,捕者多论网而获。故雌、雄、群子同被鼎俎①。世人文其名为"族味②"。

【译】抓鹌鹑,大家都按网计算抓了多少。所以雌鹌鹑、雄鹌鹑和它们的孩子——小鹌鹑一同被宰杀、烹制。当时的人给如此一族被合烹的菜肴起了个名字叫"族味"。

碧海舍人

隋,宦者③刘继诠得芙蓉鸥④二十四只,以献。毛色如芙蓉。帝甚喜,置北海中。曰:"鸥,字三品鸟⑤,宜封碧海舍人⑥(碧,一作北)"。

【译】隋朝有个宦官叫刘继诠,他得到二十四只芙蓉鸥,献给皇帝。鸟的毛色像芙蓉一样。皇帝特别喜欢,放在北海中。说:"鸥,表字三品鸟,应该封碧海舍人"。

---

① 雌、雄、群子同被鼎俎(zǔ):雌鹌鹑、雄鹌鹑和它们的孩子——小鹌鹑一同被宰杀、烹制。鼎俎,泛指割烹的用具,也指割烹。俎,古代割肉用的砧板。

② 族味:一族被合烹的菜肴。

③ 宦者:即宦官。

④ 芙蓉鸥:毛色如芙蓉的鸥。芙蓉,莲(荷)的别称。也用来比喻女子的美貌。

⑤ 字三品鸟:表字三品鸟。品,这里作"品级"解。品级,是旧时区别职官等级的制度,最高为一品,最低为九品。三品,职位较高的官员。

⑥ 碧海舍人:管理碧海的官员。舍人,官名。为王公贵官的亲近属官。因职掌不同,名目众多。

人日①鸟

南唐②王建封③不识文义。族子④有《动植疏》⑤，俾吏录之⑥。其载"鹑事"，以传写讹谬，分一字为三，变而为"人日鸟"矣。建封信之，每人日开筵，必首进此味。

【译】南唐王建封没什么文化。侄子写有《动植疏》，建封让专管文书的官员抄录了它。书里记载"鹑事"，抄录人抄写错了，把一字分开为三个字，变成"人日鸟"。建封信了，每次在正月初七（人日）开筵席的时候，他必然第一个吃（鹑子肉）这道菜。

痴伯子

葛从周⑦养一皂鹰⑧，甚鸷⑨。忽突笼⑩飞去。从周惜，

---

① 人日：旧时称夏历正月初七日为人日。

② 南唐：五代时十国之一。公元937年，李昪代吴称帝，建都金陵（今南京市），国号唐。历史上称为"南唐"。

③ 王建封：五代时上元（今南京市）人。少从军，因有战功被封为都虞侯。后因恃功骄侈被杀。

④ 族子：侄子。

⑤ 《动植疏》：关于陈述动、植物的奏章。疏，分条陈述；奏章。

⑥ 俾吏录之：叫专管文书的官员抄录了它。

⑦ 葛从周：后梁，山东鄄（juàn）城人，武将。

⑧ 皂鹰：黑鹰。

⑨ 鸷（zhì）：凶猛。

⑩ 突笼：冲开笼子。

责①掌事者②讨捕③良急。从周方食，小仆报：桐树上鹰见栖泊，望之，乃一鸱④也。怒骂曰："不解事奴！此痴伯子⑤，得万个何所用！"促寻"黑漫天"来⑥。"黑漫天"，所失鹰名也。

【译】葛从周养了一只黑鹰，特别凶猛。一日，忽然冲开笼子飞走了。从周非常痛惜，急忙让养鹰的人去追捕。正当从周正吃饭时，仆人回来报：鹰栖在桐树上，从周一看，是一只鸱鹰。怒骂道："蠢奴才！这是痴伯子，就是有一万只又有什么用！"督促赶快把"黑漫天"找回来。"黑漫天"，就是飞走的黑鹰的名字。

唾十三

厌胜章⑦言："枭⑧乃天毒⑨所产，见闻者必罹⑩殃祸。急

---

① 责：责令。

② 掌事者：管事（指养鹰）的人。

③ 讨捕：追捕。良急：很急。

④ 鸱（chī）：即鹞（yào）鹰。或指猫头鹰。

⑤ 痴伯子：犹如"痴老大"。是对鸱的人格化讽谓。

⑥ 促寻"黑漫天"来：督促寻回"黑漫天"。

⑦ 厌胜章：可能是指某书中关于"厌胜"的一个章节。厌胜，以诅咒之术压伏人。《汉书·王莽传》："若北斗长二尺五寸，欲以厌胜众兵。"

⑧ 枭（xiāo）：也叫鸺（xiū）鹠（liú）。羽毛棕褐色，有横斑，尾巴黑褐色，腿部白色。捕食鼠兔。

⑨ 天毒：即天竺，印度古称。

⑩ 罹（lí）：遭遇。

向枭连唾十三口，然后静坐存①北斗②，一时许可禳焉③。"伪汉④蒙州刺史⑤龙骁⑥，武人，极讳己名。又父名碏⑦，子名邛⑧，亦讳之。郡人呼枭曰"唾十三"，鹊曰"不奈何"，蛩⑨曰"秋风"。部属私相告云："若使君祖讳饭，吾辈亦当称'甑家粥⑩'也。"

【译】有关厌胜这一章节说："枭产自天竺，如看见或是听到其叫声的人必遭祸。就赶紧向枭连唾十三口，然后坐下来静思北斗，可以消灾避祸。"后汉蒙州刺史龙骁，是个武人，特别忌讳自己的名字。他的父亲名碏，儿子名邛，也避讳。郡里的人管枭叫"唾十三"，鹊叫"不奈何"，蛩叫"秋风"。他的部属私下里互相说："假使老爷避讳'饭'字，那我们也要叫'甑家粥'了。"

---

① 存：想念。

② 北斗：也叫"北斗七星"。在北天排列成斗（或杓）形的七颗亮星。

③ 可禳（ráng）焉：即可消灾免祸了。禳，祈祷消灾。

④ 伪汉：指五代时之后汉。

⑤ 刺史：官名。古时州的长官。

⑥ 龙骁：人名。

⑦ 碏（què）：杂色石。这里是人名。

⑧ 邛（qióng）：汉代西南少数民族名。这里是人名。

⑨ 蛩（qióng）：这里指蟋蟀。

⑩ 甑家粥：意为用甑做出的粥。

纳脍场小尉①

取鱼用鸬鹚②快捷为甚。当涂③茭塘④，石阜民⑤庄舍在焉。畜鸬鹚于家，缆小舟在岸，日遣一丁取鱼供家。邑尉⑥过而见之，谓阜民曰："小舟即纳脍场，鸬鹚乃小尉耳。"复曰："江湖渔郎⑦用鸬鹚者名乌头网⑧。"

【译】用鸬鹚捕鱼特别快捷。当涂县有个茭塘，石阜民的家就在这里。他家里养着鸬鹚，岸边系着小船，每天派一个人用鸬鹚抓鱼供家里食用。邑尉路过看见了，对阜民说："小舟就是收鱼场，鸬鹚就是场里的小官啊。"又说："江湖上用鸬鹚打渔的人都管它叫乌头网。"

---

① 纳脍场小尉：收鱼场小官。纳脍场，收鱼场。纳，收入；接受。脍，生食的鱼片。古时多以鱼制脍，故这里以脍指鱼。尉（wèi），古官名。如都尉、县尉等。
② 鸬（lú）鹚（cí）：水鸟。亦称"水老鸦""鱼鹰"。体长可达80厘米。羽毛黑色，有绿色光泽。能游泳，善潜水捕食鱼类。喉下的皮肤扩大呈囊状，捕得鱼就收在囊内。已驯化的可使其捕鱼。
③ 当涂：县名，在安徽。
④ 茭塘：水塘名。
⑤ 石阜民：人名。庄舍在焉：房舍在此。
⑥ 邑（yì）尉：即邑的长官。邑，泛指一般城市。大曰都，小曰邑。亦旧时县的别称。
⑦ 江湖渔郎：在江、湖上打鱼的人。渔，捕鱼。
⑧ 乌头网：因鸬鹚头为黑色，喉下有皮囊可储捕得的鱼，故名乌头网。

锦地鸥①

闽中造盏②,花纹类鹧鸪斑点③。试茶家珍之,因展蜀画鹧鸪于书馆④。江南黄是甫见之,曰:"鹧鸪亦数种,此锦地鸥也。"

【译】闽国制造的杯子,花纹与鹧鸪身上的斑点类似。试茶的人特别珍爱,所以在书馆展示蜀国画的鹧鸪。江南黄是甫见到了说:"鹧鸪也有好多种,这只是锦地鸥。"

观自在⑤

耶律德光⑥入京师⑦,春日闻杜鹃⑧声,问李崧⑨曰:"此是何物?"崧曰:"杜鹃。唐杜甫诗云:'西川⑩有杜鹃,

---

① 锦地鸥:鸥的一种。

② 闽中造盏:闽国制造的杯子。闽,五代十国之一。盏,浅而小的杯子。

③ 花纹类鹧(zhè)鸪(gū)斑点:花纹类似鹧鸪身上的斑点。鹧鸪,鸟名。背部和腹部黑白两色相杂,头顶棕色,脚黄色。吃昆虫、蚯蚓、植物种子等。

④ 因展蜀画鹧鸪于书馆:因之在书馆展示蜀国画的鹧鸪。蜀,古国名。

⑤ 观自在:佛教大乘菩萨之一。由梵文译来。本译作观世音,因唐人避"世"字讳,略称观音,玄奘译《心经》时,改译观自在。佛经说此菩萨为广化众生,示现种种现象,名为"普门示观"。《法华经(普门品)》说有三十三身;《楞严经》说有三十二应(即应化身)。

⑥ 耶律德光:即辽太宗。公元927—947年在位。

⑦ 京师:指后晋京都汴(今河南开封)。

⑧ 杜鹃:鸟名。身体黑灰色。尾巴有白色斑点,腹部有黑色横纹。初夏时常昼夜鸣啼。吃毛虫,是益鸟。

⑨ 李崧(sōng):五代时饶阳(在河北省)人。曾在后唐、后晋任官。耶律德光入汴后,拜为太子太师。卒于后汉。

⑩ 西川:为唐方镇名,在今四川省内。

东川①无杜鹃。涪万②无杜鹃,云安③有杜鹃。'京洛④亦有之。"德光曰:"许大世界,一个飞禽任他拣选。要生处便生,不生处种也无。佛经中所谓观自在也。"

【译】耶律德光进入京师,春天里听见杜鹃的叫声,问李崧:"这是什么?"李崧说:"是杜鹃。唐代杜甫诗里说:'西川有杜鹃,东川无杜鹃。涪万无杜鹃,云安有杜鹃'。汴京和洛阳也有。"德光说:"这么大的世界,一个飞禽任它挑选生活的地方。要想在某地生活就能生活,不想在哪里就连个后代也没有。这就是佛经里所说的观自在。"

渊明鬼⑤

太府少卿⑥潘崇,有处女名妙玉,咏杜鹃云:"一九苞奴般毛羽渊明鬼⑦。"

【译】(略)

顷刻虫

后周武帝置官于泸川⑧,酿毒药为酒,年以供进。而所

---

① 东川:为唐方镇名,在今四川省内。
② 涪(fú)万:涪、万皆唐代州名,即涪州、万州。在今四川省。
③ 云安:古县名。即今四川云阳县。
④ 京洛:指后唐京都洛阳。
⑤ 渊明鬼:犹精明鬼。渊明,深远精明。
⑥ 太府少卿:太府卿之副职。太府,官名。周置。秦汉之际,以其职并于司农少府。至南朝梁与后魏始复置太府卿,掌帑(tǎng)藏财物。历代因之。明废。
⑦ 一九苞奴般毛羽渊明鬼:一个像雄的羽毛一样的精明鬼。
⑧ 置官于泸川:在泸川设置官员。泸川,州名。治所在江阳(今四川泸州市)。

用材品不一，名野（一作"夜"）叉酒①。役者皆取大辟舍罪而驱策之②，官长岁颁续命金。以毒气熏煮，官吏被者多死。徒卒恐怯，呼鸩③为"一拂鸟④""顷刻虫⑤"，蝮蛇⑥为"霹雳⑦"，盆蜂⑧为"小峭⑨"。

【译】后周武帝在泸川设置官吏。负责酿毒药酒，每年以毒酒奉献皇上。酿酒用的材料品质也不一样，名为夜叉酒。在此服役的人都用判死刑而被赦免的罪犯来供驱使，管理的官员每年发放续命金。因为毒物煮熏散发毒气，官员很多中毒死了。服刑的人都害怕，称呼鸩为"一拂鸟"和"顷刻虫"，称呼蝮蛇为"霹雳"，称呼盆蜂为"小峭"。

---

① 野（一作"夜"）叉酒：意即暴恶的毒酒。野叉，梵文译名，云勇健，亦云暴恶。夜叉，梵文音译。佛经说它是一种吃人的恶鬼。

② 役者皆取大辟舍罪而驱策之：服役的人都用判死刑而被赦免的罪犯来供驱使。役者，服役的人。大辟，中国古代五刑之一。商、周、春秋、战国等时期死刑的通称。驱策，犹驱使；役使。

③ 鸩（zhèn）：传说中的一种毒鸟，喜食蛇，羽毛紫绿色，放在酒中能毒杀人。

④ 一拂鸟：意为羽毛在酒内掠过，即能毒杀人之鸟。

⑤ 顷刻虫：顷刻即能杀人之虫。虫，泛指动物。

⑥ 蝮蛇：一种毒蛇。头呈三角形，颈细，背灰褐色，两侧有黑褐色圆斑，腹部有黑白斑点。食鼠、鸟、蛙等。

⑦ 霹雳：疾雷声。此处用以比喻其凶恶。

⑧ 盆蜂：一种毒蜂。

⑨ 小峭：言其小而厉害。峭，急；严厉。

九罗

（一作"阎罗"）

明崇俨①《厌胜书》："鬼车九首②，妖怪之魁。凡所遭触，灭身破家，故一名九罗。其掌之者，曰天血使者。然物可以类胜，羽毛中凡十种，鬼车切畏之。宜用烹制，召巫为祭，尽禳厌之法焉③。"

【译】明崇俨的《厌胜书》上说："鬼车有九个头，是妖怪中最厉害的。触碰到它的人，都要家破人亡，所以又叫九罗（阎罗）。负责掌管它的，叫天血使者。但是万物都可以有同类可制胜，鸟类中共有十种，鬼车普遍惧怕它们。适合做祭神的熟食品，请巫来祭祷，用尽祭祷诅咒之法术。"

相如锦

相如、文君④用鹔鹴裘贳酒⑤。长沙浪士王渲与名倡董和

---

① 明崇俨：唐，偃师人。以奇技闻名。传能盛夏得雪，四月得瓜。官至正谏大夫。
② 鬼车九首：鬼车有九头。鬼车，传说中的九头鸟。《续博物志》："郝氏夜祠佛，鬼车乘烛光而下，翼广丈余，九首互相低昂。其家呼犬持杖逐之，坠一羽，长三尺许，广八九寸，色类鹅雁。"
③ 尽禳厌之法焉：用尽祭祷诅咒之法术。禳，祭祷消灭。厌，厌胜。
④ 相如、文君：相如，即司马相如，西汉辞赋家，蜀郡成都人。文君，即卓文君，西汉临邛（今四川邛崃）人，善鼓琴，丧夫后家居，与司马相如相恋，一同逃往成都，不久又同返临邛，自己当垆卖酒。
⑤ 用鹔（sù）鹴（shuāng）裘（qiú）贳（shì）酒：用鹔鹴皮赊酒。鹔鹴，鸟名，雁的一种。也是传说中的五方神鸟之一。裘，皮衣。贳，租借；赊欠。

仙客为丽服①，涂鹔鹴状，号相如锦。久而都下亦效之。

【译】司马相如和卓文君用鹔鹴皮赊酒。长沙浪漫文士王渲为名倡董和仙客制作华丽的衣服绣成鹔鹴的形状，取名相如锦。时间长了，京都里的人也都模仿他们这样做。

① 长沙浪士王渲与名倡董和仙客为丽服：长沙浪漫文士王渲为名倡董和仙客制作华丽的衣服。与，替；为。

兽名门（二十事）

白沙龙①

冯翊②产羊，膏嫩第一。言饮食者，推冯翊白沙龙为首。

【译】冯翊地区出产羊，肥嫩属第一。美食家们，都推举冯翊的白沙龙为第一。

珍郎③

天后④好食冷修羊⑤。赐张昌宗⑥《冷修羊手札⑦》，曰："珍郎杀身以奉国。"

【译】（略）

角仙⑧

华清宫一鹿，十年精俊不衰，人呼曰"角仙"。

---

① 白沙龙：羊的别称。

② 冯翊（yì）：地名。三国时，魏改左冯翊设冯翊郡，治所在今陕西大荔县，辖境相当于今陕西韩城、黄龙县以南，白水、蒲城县以东，渭河以北地区。隋朝又设冯翊县，即今陕西大荔县。

③ 珍郎：这里指羊。珍，指精美的食品。

④ 天后：唐武则天做皇帝时的称号。《新唐书·后妃传上》："高宗则天顺圣皇后武氏……上元元年进号天后。"

⑤ 冷修羊：用羊肉加工的一种食品。

⑥ 张昌宗：唐，定州义丰（今河北安国）人。为武则天所宠，累官至春官侍郎，封邺国公。则天晚年，与其兄易之专权，败坏政事。在神龙元年（公元705年），张柬之等迎唐中宗复位时被杀。

⑦ 手札（zhá）：亲手写的书信。

⑧ 角仙：指鹿。

【译】华清宫养了一只鹿，十年了，精神状态依然如初，人们都叫它"角仙"。

玉署三牲

道家流书①言：麞、鹿、麂是玉署②三牲③，神仙所享。故奉道者不忌，兼荐天真④。

【译】道家流行的书上说：獐、鹿、麂是神仙享用的三牲。所以信奉道教的人不忌讳，而且还用它祭献天真神。

糟糠氏

伪唐⑤陈乔食蒸豚⑥，曰："此糟糠氏⑦，面目殊乖⑧，而风味不浅也"。

【译】南唐时的陈乔吃蒸小猪，说："这是糟糠氏，长得不好看，但味道很好"。

---

① 道家流书：指道教界流行的书。

② 玉署：指神仙的住所。

③ 三牲：古代指用于祭祀的牛、羊、猪。后来也以鸡、鱼、猪为三牲。这里说麞（zhāng，同"獐"）、鹿、麂为神仙享用的三牲。

④ 兼荐天真：并用它祭献天真神。天真，道教神名。

⑤ 伪唐：这里指五代时的南唐。

⑥ 豚：小猪。也泛指猪。

⑦ 糟糠氏：这里是对猪的戏称，即以糟糠喂养的牲畜。

⑧ 面目殊乖：容貌很不好看。乖，违背，不和谐。

金鞍使者①

王昶倾金钱市名马②,凡得五匹。各有位号,曰:金鞍使者、千里将军、致远侯、渥洼郎、骥国公。

【译】王昶用所有的钱在市场上购买名马,买到五匹。每匹各都有位(官位)号,分别是:金鞍使者、千里将军、致远侯、渥洼郎、骥国公。

灵寿子

武宗③为颍王时,邸园蕃禽兽之可人者④,以备十玩⑤。绘十玩图,于今传播:

九皋⑥处士(鹤);玄素⑦先生(白鸥);长鸣都

---

① 金鞍使者:马的名号。

② 王昶(chǎng)倾金钱市名马:王昶用尽全部金钱购买名马。王昶,五代时闽国君主,在位三年(公元936—938年)。倾,用尽。市,购买。

③ 武宗:即唐代皇帝李炎,在位六年。

④ 邸(dǐ)园蕃(fán)禽兽之可人者:邸园畜养可人意的禽兽。邸园,官邸花园。邸,古时朝见帝王者在京的住所。后亦泛指高级官员办事或居住的处所。蕃,繁殖。这里意为畜养。

⑤ 十玩:犹如杂玩。但后文"十玩图"系指十种玩赏物之图。十,通"什"。

⑥ 九皋:深泽。《诗·小雅·鹤鸣》:"鹤鸣于九皋,声闻于天。"处士:古时称有才德而隐居不仕的人。

⑦ 玄素:玄圣、素王之合称。玄圣,古称有治天下之德而不居其位的人。《庄子·天道》:"以此处上,帝王天子之德也,以此处下,玄圣素王之道也。"素王,古代道家称有王之德,但不必居王之位。素,虚位。

尉（鸡）；灵寿①子②（龟）；惺惺奴③（猴）；守门使（犬）；长耳公（驴）；鼠将（猫）；茸客（鹿）；辨④哥（鹦鹉）。

【译】（略）

麝香䯄⑤

魏王继岌⑥奉命伐蜀⑦，王衍苑马数百皆逸足也⑧。继岌犹比选之，得二十许匹，格价不可言。

麝香䯄；锦耳骢⑨；骆十二；趁日骢；偏界玉；陷冰䯄；长命骝；弦儿骢；笼松（鬆）白；八百哥；掠地云；锦

---

① 灵寿：木名。即"椐"。《汉书·孙光传》："赐太师灵寿杖。"颜师古注："木似竹有枝节，长不过八九尺，围三四寸，自然有合杖制，不须削治也。"借此名喻龟之长寿。

② 子：古代男子的美称或尊称。

③ 惺惺奴：聪明的奴婢。惺惺，指聪慧的人。

④ 辨：通"辩"，争论。鹦鹉能模仿人言，故名辨哥。

⑤ 麝（shè）香䯄（yú）：马名。麝香，雄麝的肚脐和生殖器之间的腺囊的分泌物，干燥后呈颗粒状或块状，有特殊香气，有苦味，可以制香料，也可入药。䯄，紫色马。

⑥ 魏王继岌：后唐庄宗李存勖之长子。庄宗即位于魏州（治所在贵乡。即今河北大名东北），以岌为兴圣宫使。后以魏州为东京，岌为东京留守、同平章事。旋立为魏王。

⑦ 蜀：指前蜀。五代时十国之一。

⑧ 王衍苑马数百皆逸足也：王衍养马数百匹，都是善于奔驰的良马。王衍，前蜀第二代君主，史称后主。在位八年。苑，畜养禽兽并种植林木的地面，多为帝王及贵族游玩和打猎的风景园林。苑马，养马。逸足，犹捷足。行动敏捷，善于奔驰。

⑨ 骢（cōng）：青白色的马。今名菊花青马。也泛指马。锦耳骢及其以下均系马名，其来历、含意不一一详考。

地龙；雪面娘；月影三；玉尾骝；撒沙骝①；天花骆②；旋风白；窣③地娇；六尺金。

【译】（略）

衔蝉奴④

后唐琼花公主，自丱角⑤养二猫，雌雄各一。有雪白者，曰"衔花朵"，而乌者惟白尾而已，公主呼为"衔蝉奴""崑崙妲己⑥"。

【译】后唐时的琼花公主，从小养了两只猫，雌雄各一只。毛色雪白的，叫"衔花朵"，毛色黑的那只仅有尾巴是白色的，公主叫它"衔蝉奴"或"昆仑妲己"。

尾君子⑦

郭休⑧隐居太山，畜一猢狲⑨，谨恪不踰规矩⑩，呼为"尾君子"。

---

① 骆：尾和鬣毛黑色的白马。鬣，马颈上的长毛。

② 骝（liú）：黑鬣黑尾巴的红马。

③ 窣（sù，又 sū）：突然钻出来。

④ 衔蝉奴：猫的称号。

⑤ 丱（guàn）角：意指幼年。丱，古时儿童束发成两角的样子。

⑥ 崑崙妲己：和"衔蝉奴"一样，都是对猫的戏称。崑崙，即昆仑，古代称黑肤的人为崑崙。妲己，商王纣的宠妃。

⑦ 尾君子：带尾巴的君子，指猴。君子，古时对有德之人的称谓。

⑧ 郭休：人名。身世不详。

⑨ 猢狲：猴子的别称。

⑩ 谨恪（kè）不踰规矩：谨慎小心，不超越规矩。谨，慎重小心。恪，谨慎；恭敬。踰，逾的异体字。越过。

【译】郭休在太山隐居时，养了一只猴子，猴子非常有规矩，被称为"尾君子"。

黄奴

耒阳①廖习之②家生一黄犬，识人喜怒、颐指③，习之尝作歌云："吾家黄奴类黄耳④"。

【译】耒阳廖习之家里有一条黄狗，能够分辨人的喜怒、指示，习之经常说："吾家黄奴类黄耳（我家的黄狗就好似黄耳）"。

绿耳梯

江南后主⑤同气⑥宜春王⑦从谦，尝春日与妃侍游宫中后圃。妃侍观桃花烂开，意欲折而条高，小黄门取綵梯献⑧。

---

① 耒阳：县名。在湖南省东南部。

② 廖习之：人名。

③ 识人喜怒、颐指：懂得人的喜怒、示意。颐指，以下巴的动向示意来指挥人。

④ 黄耳：西晋文学家陆机的一只骏犬的名字。《晋书·陆机传》："机有骏犬名曰黄耳，甚爱之。既而羁寓京师，久无家问。笑语犬曰：'我家绝无书信，汝能赍（jī，带着）书取消息不？'犬摇尾作声。机乃为书，以竹筒盛之而系其颈。犬寻路南走，遂至其家，得报还洛。"

⑤ 江南后主：指五代时南唐末代君主李煜。字重光，初名从嘉，号锺（钟）隐，世称李后主。

⑥ 同气：指兄弟。

⑦ 宜春王：从谦的封号。宜春，县名。在江西省西部，邻接湖南省。

⑧ 小黄门取綵（cǎi）梯献：小宦官取来彩梯献给（她们）。小黄门，小宦官。綵梯，用彩色丝绸装饰的梯子。

时从谦正乘骏马击毬①，乃引鞚至花底②，痛采芳菲。顾谓嫔妾曰："吾之绿耳③梯如何？"

【译】江南后主的兄弟宜春王从谦，曾经在春天里和妃子们游览宫中后花园。一日，妃子们看见桃花开得灿烂，就想折下几朵花枝，但是花枝高又够不到，小宦官便取来彩梯给她们。这时从谦正骑着宝马打马球，就来到桃花下，将马当成梯子尽情地采折花枝。回头看着嫔妾说："我这个绿耳梯怎么样？"

菊道人

亳社④吉祥僧刹⑤，有僧诵华严大典。忽一紫兔自至，驯伏不去。随僧坐起，听经坐禅⑥。惟飡⑦菊花，饮清泉，僧呼"菊道人"。

【译】亳社的吉祥僧刹里，有僧人念诵华严大典。忽然过来一只紫兔子，驯服地卧在那里，不肯离去。同僧人们一同起坐，听经坐禅修行。而且只吃菊花，饮清泉水，僧人们都叫它"菊道人"。

---

① 击毬（qiú）：指打马球。毬，同"球"。

② 乃引鞚（kòng）至花底：就驭马到桃花下。

③ 绿耳：马名。周穆王"八骏"之一。因骑在马上采花，代替了梯子，故云"绿耳梯"。

④ 亳（bó）社：殷社。古代建国，必先立社（祭祀社神之处）。殷都亳（故址在今河南商邱县北），所以叫亳社。

⑤ 吉祥僧刹：佛寺名。

⑥ 听经坐禅：听讲佛教，坐禅修行。

⑦ 飡（cān）：同"餐"。

白雪姑

予在辇毂①至大街,见揭小榜者②曰:"虞太傅宅失去猫儿,色白,小名'白雪姑'"。

【译】我在京城大街上,看到贴小告示的人说:"虞太傅家丢了猫,白色,小名叫'白雪姑'"。

钝公子

天成、长兴③中,以牛者耕之本,杀禁甚严。有盗屠私贩,不敢显其名,宛称曰格饵④(一作"耳")。亦犹⑤李甘⑥家号甘⑦为金轮藏,杨虞卿⑧家号鱼为水花羊,陆象先⑨家号象为钝公子⑩,李栖筠⑪家号犀⑫为独箇牛,石虎⑬时号虎

---

① 辇(niǎn)毂(gǔ):"辇毂之下"的省称,犹言京师。辇毂是天子之乘舆(yú)。所以把京师称为辇毂之下。

② 揭小榜者:贴小告示的人。揭,张贴。榜,官府的告示。

③ 天成、长兴:均为后唐明宗李嗣源年号(公元926—933年)。

④ 格饵:格指古时一种极残酷的刑具,以铜为之,布火其下,以人置上,人烂坠火而死。此处用以代"杀"字。饵指糕饼,亦泛指食物。

⑤ 犹:如同。

⑥ 李甘:唐代人。曾为侍御史。

⑦ 甘子:即柑子。

⑧ 杨虞卿:唐代人。曾为监察御史。

⑨ 陆象先:唐代人。景云中官至同中书门下平章事。

⑩ 公子:旧时对豪门贵族子弟的称呼。

⑪ 李栖(xī,又qī)筠(jūn):唐代人。肃宗时曾官给事中,后为常州刺史、浙西观察使。

⑫ 犀(xī):即犀牛。

⑬ 石虎:东晋列国后赵主石勒之侄,后称帝。在位15年。

为黄猛，牛全忠①时号钟为大圣铜，俱以避讳故也。

【译】天成、长兴年间，把牛作为耕种之本，严禁宰杀。有人偷着杀了卖，不敢明着说，委婉地称之为"格饵"。这也就好像李甘家把柑子叫作金轮藏、杨虞卿家把鱼叫作水花羊、陆象先家把象叫作钝公子、李栖筠家把犀牛叫作独筋牛、石虎时期把虎叫作黄猛、牛全忠时期把钟叫作大圣铜，都是为了避讳的缘故。

肉胡床

吉祥座，杜重威马也②。肉胡床，景延广马也③。

【译】（略）

肉灶烧丹

开运④中，术士曹盈道来谒，自陈能肉灶烧丹，借厅修养。询其说，肉灶者，末生硃砂⑤饲羊，膏袾⑥乃供厨。借厅

---

① 朱全忠：朱温。五代梁王朝的建立者。公元907—912年在位。

② 吉祥座，杜重威马也：吉祥座，是杜重威所骑马的名字。杜重威，五代后汉人，曾为成德军节度使。

③ 肉胡床，景延广马也：肉胡床，是景延广所骑马的名字。胡床，亦称"交床""交椅""绳床"，一种可以折叠的轻便坐具。景延广，五代时陕州人，曾任后晋侍卫马步都虞侯等职。

④ 开运：后晋出帝年号（公元944—946年）。

⑤ 末生硃砂：末状硃砂。硃砂，矿物名。是炼汞的主要原料，也可制颜料。红色或棕红色，无毒，中医用做镇静剂，外用可以治疥癣等皮肤病。经火炼者有毒。湖南辰州（今沅陵）所产最佳，故亦名"辰砂"。

⑥ 膏袾（tú）乃供厨：养肥大了就可以供厨房使用。膏袾，肥大。袾，肥壮。

者，素女①、容成②闭阳采阴之道。

【译】开运年间，有一个叫曹盈道的江湖术士前来拜见，他说自己可以用肉身作灶炼烧丹药，借厅来修练养生。问他怎么办，所谓肉灶，就是用硃砂末喂羊，羊养肥大后，就可以供厨房使用。所谓借厅，就是道士采阴补阳的道法。

四足仙人③

鲁④人东野⑤宾王⑥适吴⑦，至盱眙⑧村店，使仆夫籴米拾薪俱未来⑨，而马脱鞍解络饱于芳秀矣⑩。宾王叹曰："绿耳公⑪，尔为四足仙人，我是两脚饿鬼！"

【译】鲁人东野宾王到江南去，走到盱眙一个村庄

---

① 素女：黄帝时善方术之女。

② 容成：黄帝时人，世称容成公，始造律历。传说道家有采阴补阳之术，出于容成。《汉书·艺文志》有"容成阴道二十六卷"。《后汉书·方术列传》："（冷）寿光年可百五六十岁，行容成公御妇人法。"

③ 四足仙人：对马的戏称。

④ 鲁：地区名。今山东省泰山以南的汶、泗、沂、沭水流域，是春秋时鲁地。秦汉以后仍沿称这地区为鲁。

⑤ 东野：姓。

⑥ 宾王：疑诸侯封号。

⑦ 吴：五代时十国之一。公元892年杨行密为淮南节度使，据扬州。公元902年受唐封为吴王，有今江苏、安徽、江西和湖北等省一部分。公元937年为南唐所代。

⑧ 盱（xū）眙（yí）：县名。今在江苏省西部，北临洪泽湖，邻接安徽省。

⑨ 使仆夫籴（dí）米拾薪俱未来：派仆人买米拾柴都未回来。籴米，买米。

⑩ 而马脱鞍解络饱于芳秀矣：可是马已卸去鞍子、解掉笼头，吃饱了芳香的禾草。络，络头。马笼头。

⑪ 绿耳公：对马的美称。

里住店,安排仆人去买米捡柴回来做饭,但是都未回来,而他骑的马却已经脱下鞍子、解开笼头,吃饱了芳香的禾草。宾王感叹说:"绿耳公,你是四脚的仙人,我却是两脚的饿鬼!"

黄毛菩萨①

予阳翟②庄舍左右有田老者,不为欺心事,出言鲠直③,诨名"撞倒墙"。尤不喜杀牛。见村舍悬列牛头、脚,告妻子曰:"天下人所吃,皆从此黄毛菩萨身上发生,临了杀倒,却有天在?"

【译】我在阳翟县的家附近有位种田的老人,说话耿直,不做亏心事,外号叫"撞倒墙"。他特别不愿意看见杀牛。见到村户房前挂着牛头、脚,就告诉妻子说:"天下人吃的粮食,都是牛辛勤耕种出来的,到最后却把牛杀了,可有天理在?"

峻青宅

李道殷④岩栖谷饮⑤,有奇术,能摄伏鬼神。畜一黑猿儿,呼为"臂童"。道殷于庵侧古松上以茅草枝梢营一巢,

---

① 黄毛菩萨:对牛的美称。
② 阳翟:古县名。治所在今河南禹县。
③ 鲠(gěng)直:同"梗直""耿直"。
④ 李道殷:人名,华山道士。
⑤ 岩栖谷饮:山岩上居住,山谷里饮水。岩,岩石;岩石凸起而成的山峰。栖,居住。

为臂童寝息之所，名曰："峻青宅①"。

【译】李道殷吃住都在山里，有奇特的法术，可以降伏鬼神。他养了一只黑猿，叫"臂童"。道殷在自己住的庵边的一株古松上用茅草树枝为它搭了一个窝，作为"臂童"睡觉休息的地方，起名叫"峻青宅"。

---

① 峻青宅：因窠建于山岩古松上，故名"峻青宅"。峻，高大。宅，住所。

酒浆门（十六事）

太平君子

穆宗①临芳殿②赏樱桃，进西凉州③葡萄酒。帝曰："饮此，顿觉四体④融和⑤，真太平君子也"。

【译】穆宗在临芳殿观赏樱桃，饮西凉州产的葡萄酒。穆宗说："喝这个酒，立刻感觉身体舒适畅快，真是太平君子啊"。

天禄大夫

王世充⑥僭号⑦，谓群臣曰："朕万机繁壅⑧。所以辅朕⑨

---

① 穆宗：唐穆宗李恒。在位四年。

② 临芳殿：来到芳殿。

③ 西凉州：州名。汉代设置，管辖地区包括今甘肃全省和宁夏、青海两省的湟水流域以及今陕西省的定边、吴旗、凤县、略阳等县。魏、晋至唐，所辖地区数次变动。唐时所辖地区只有今甘肃省永昌以东、天祝以西一带。

④ 四体：四肢。这里指整个身体。

⑤ 融和：舒适畅快。

⑥ 王世充：隋朝新丰（今陕西临潼）人，字行满。隋炀帝时任江都郡丞，因镇压朱燮、管崇、孟让等起义军，升为江都通守。后被瓦岗军打败。公元618年炀帝死后，他在东都拥立杨侗为帝。不久击败瓦岗军。公元619年废杨侗，自称皇帝，年号开明，国号郑。唐武德四年（公元621年），兵败降唐。到长安为仇人所杀。

⑦ 僭（jiàn）号：僭用帝王的尊号。僭，超越本分。

⑧ 万机繁壅（yōng）：成千上万的军国大事非常繁纷。

⑨ 辅：辅助。

和气①者，惟酒功耳。宜封'天禄②大夫③'，永赖醇德"。

【译】王世充当皇帝时，对大臣说："我每天军国大事繁多。能辅助调和我的元气，全是酒的功劳。应当封赏酒为'天禄大夫'，永远歌颂它淳厚的美德。"

鱼儿酒

裴晋公，盛冬常以鱼儿酒饮客。其法：用龙脑凝结，刻成小鱼形状，每用沸酒一盏，投一鱼其中。

【译】裴晋公在深冬的时候，经常用鱼儿酒请客。制作的方法是：用龙脑熬制胶冻，刻成小鱼的形状，每喝一杯热酒，就在里面放一条鱼。

含春王

唐末，冯翊城④外，酒家门额书云："飞空却回顾，谢此含春王。"于王字末大书"酒"也。字体散逸，非世俗书，人谓是吕洞宾⑤题。

【译】唐朝末年，冯翊城外有个酒家门匾额上写着：

---

① 和气：调和气质。气，中医用语，指元气。
② 天禄：酒的别称。语出《汉书·食货志下》："酒者，天之美禄。"
③ 大夫：古时国君以下有卿、大夫、士三级；隋唐以后，为高级阶官的称号。
④ 冯翊城：即今陕西大荔县城。
⑤ 吕洞宾：公元798年生，传说中的"八仙"之一。名嵒（一作岩），号纯阳子。相传为京兆（今陕西关中中部）人，又说为河中府（今山西永济县）人。唐会昌年间两次举进士未中，浪游江湖，遇钟离权授给他丹诀，时年64岁。曾隐居终南山等地修道。自称回道人。传说他曾在江淮斩蛟、岳阳弄鹤、客店醉酒等。元代被封为"纯阳演政警化孚佑帝君"。俗称吕祖。道教全真教尊其为北五祖之一。

"飞空却回顾，谢此含春王。"在"王"字末大写一个"酒"字。字体飘逸，不是一般世俗人所写的字，人们都说是吕洞宾题的。

天公匙

马怀真，蒲中进士也，有异术。一日，召十数客，面前一方台，上有一小铜盘，中一黑匙。而于是以匙次第置客口中，皆觉有酒一盃许入喉。又以盘向人倾之，满口是羊；次鱼，次鸡，一坐皆同。怀真偶起，人视匙末有文曰"天公匙"，盘底曰"如意盘"。有戏假之者，曰："但恐耍龙儿①"，不肯奉借。

【译】马怀真是蒲中的进士，有特别的法术。有一天，他请了十几位客人，在众人面前放一个方台子，台子上面有一个小铜盘，盘里放一个黑色的勺。他把黑勺按顺序放入客人口中，众人都感觉有杯酒慢慢滑进喉咙里；又用盘向客人嘴里倒，感觉满口是羊肉；然后是鱼肉和鸡肉，席上每位客人都有同样的感觉。怀真偶尔站起来，有人看见匙底部有文字写着"天公匙"，盘底写着"如意盘"。有人开玩笑想借，怀真不肯借，说："怕你不会使用。"

---

① 但恐耍龙儿：意为"只怕不能驾驭"。

甘露经

汝阳①王王进家有酒法，号《甘露酒经》，四方风俗②诸家材料莫不备具。

【译】汝阳王王进的家里有记载酿酒方法的书，叫《甘露酒经》，各地酒的习惯制作方法和材料都记载得很全面。

玉浮梁③

旧闻李太白好饮玉浮梁，不知其果何物。余得吴婢使酿酒，因促其功，答曰："尚未熟，但浮梁耳"。试取一盏至，则浮蛆④酒脂⑤也。乃悟太白所饮，盖此耳。

【译】以前听说李太白喜欢喝玉浮梁，不知道到底是什么东西。我请了一个吴地的婢女，让她酿酒，督促她赶快酿好，回答说："没熟呢，才刚起浮沫。"试着打了一盏，酒的表面全是浮沫和白滓。我这才明白李太白所喝的，就是这个东西。

快活汤

当涂⑥一种酒曲，皆发散药，见风即消，既不久醉，又无腹滞之患，人号曰："快活汤。"士大夫呼"君子觞⑦"。

---

① 汝阳：旧县名，在今河南汝南。王王进：人名。酒法：制酒方法的书。
② 四方风俗：这里指四方制酒的习惯制作方法。
③ 玉浮梁：酒名。浮梁，本指"浮桥"，此处指酒面所浮之泡沫。
④ 浮蛆：酒面浮沫。亦称"浮蚁"。
⑤ 酒脂：即酒膏，酒上所浮之白滓。
⑥ 当涂：古县名。在安徽省，今仍为当涂县。
⑦ 觞（shāng）：古代盛酒器。也指向人敬酒或自饮。这里用作"酒"之代词。

【译】当涂县有一种酒曲，有主发散的药性，遇见风就消解了，既不会让人久醉，又没有使肚子出现滞食不舒服的问题，人们称为："快活汤。"士大夫则称为"君子觞"。

林虑浆

后唐①时，高丽②遣其广评侍郎③韩申一④来。申一通书史。临回召对便殿，出新贡"林虑浆"面赐之。

【译】后唐的时候，高丽国派遣广评侍郎韩申一前来朝见。韩申一精通书史。临回去的时候，皇上把他叫到便殿来谈话，拿出新进贡的"林虑浆"当面赏赐给他。

觥筹狱⑤

荆南⑥节判⑦单天粹⑧，宜城人，性耽酒⑨，日延亲朋，强以巨杯，多致狼狈。然人以其德善，亦喜从之。时戏语曰：

---

① 后唐：朝代名，五代之一。公元 923 年，李存勖灭后梁称帝，建都洛阳，国号唐，史称后唐。

② 高丽：古时朝鲜国号。公元 918 年，王建创立，都开京（今开城）。公元 935 年并新罗，公元 936 年灭后百济，统一朝鲜半岛。

③ 广评侍郎：高丽国的官名。

④ 韩申一：高丽国使者的名字。

⑤ 觥（gōng）筹狱：人们不堪忍受的酒筵场面，好像牢狱一般。觥，古代酒器。筹，古代投壶用的矢。投壶是我国古代宴会的礼制，也是一种游戏。方法是：以盛酒的壶口作目标，用矢投入。以投中多少决胜负，负者须饮酒。

⑥ 荆南：唐方镇名。至德二年（公元 757 年）置，治所在荆州（今湖北江陵）。

⑦ 节判：官名。

⑧ 单天粹：人名。

⑨ 耽（dān）酒：嗜酒。

"单家酒筵,乃觳觫狱也。"

【译】荆南有个节判叫单天粹,是宜城人,天性喜欢喝酒,每次请客,强行让大家用大杯喝酒,很多人都感到很狼狈。但是大家又都因为他人好,所以也喜欢和他在一起饮酒。有时开玩笑说:"单家的酒席筵,是觳觫狱啊。"

杂瑞样

酒不可杂饮。饮之,虽善酒者亦醉。盖生熟煮之殊,官法私方之异①,饮家之所深忌。宛叶书生胡适,冬至日延客,以诸家群遗之酒为具②。席半,客恐,私相告戒。适疑而问之。一人曰:"某惧君家百氏浆③"。次曰:"所畏者,杂瑞样④耳"。

【译】酒不能混着喝。混着喝,即使是能喝酒的人也会醉。这是因为各家制酒的程序、方法各不相同,所以混着喝是喝酒人的大忌。宛叶有个书生胡适,冬至这天请客,席上备的是各家赠送的酒。吃到一半,客人都害怕,私下互相告戒别喝多了。胡适感到奇怪就问大家。其中一个客人说:"我害怕您家的百氏浆"。另一个说:"我怕的是杂瑞样。"

---

① 生熟煮之殊,官法私方之异:意思是各家制酒程序、方法各不相同。
② 以诸家群遗之酒为具:用各家赠送的酒备办。遗,赠予。具,备办。
③ 百氏浆:意即筵席间的酒来自很多家。浆,这里指酒。
④ 杂瑞样:亦指筵席间的酒样之杂。

麹世界

河阳①释②法常③，性英爽，酷嗜酒，无寒暑风雨，常醉。醉即熟寝。觉即朗吟曰："优游麹④世界，烂熳枕神仙"。尝谓同志云："酒天虚无，酒地緜邈⑤，酒国安恬。无君臣贵贱之拘，无财利之图，无刑罚之避。陶陶焉，荡荡焉，其乐莫可得而量也。转而入于飞蝶都⑥，则又瞢腾⑦浩渺⑧，而不思觉也。"

【译】河阳的僧人法常，性格豪爽，特别喜欢喝酒，不论寒暑风雨，经常喝醉。喝醉了就熟睡。醒了就大声吟颂："优游曲世界，烂熳枕神仙。"他曾经对共同喜欢喝酒的人说："酒的世界里，天是虚无的，地是遥远的，国家是安然恬和的。没有君臣贵贱的关系拘束人，没有钱财名利的欲望，没有刑罚需要规避。乐陶陶、坦荡荡的样子，那种乐趣真是形容不出来，无法估量啊。喝醉了以后，好像进入了蝴

---

① 河阳：古县名。汉置。治所在今河南孟县西。
② 释：指佛教僧侣。
③ 法常：和尚的法名。
④ 麹（qū）：同"曲"。
⑤ 緜（mián）邈（miǎo）：遥远。緜，同绵。
⑥ 飞蝶都：指入醉后之飘忽状态，如入蝴蝶飞翔之境。《庄子·齐物论》："昔者，庄周梦为蝴蝶，栩栩然蝴蝶也。"都，相传为上古行政区划名，此处意为"境地"。
⑦ 瞢（měng）腾：同"懵（měng）腾"，朦胧迷糊。
⑧ 浩渺：广阔无边貌。

蝶满天飞舞的地方，人会迷迷糊糊，感觉周围广阔无边，不想醒来。"

丑未觞①

予开运②中赐丑未觞。法：用鸡酥③、栈羊④筒子髓⑤置醇酒⑥中，暖消而后饮。

【译】开运年间，我获赐丑未觞。酿造的方法是：将鸡油、栈羊的大腿骨髓放到醇酒中，使其消融了再喝。

甓宫集大成

雍都⑦，酒海也。梁奉常和泉病于甘⑧，刘拾遗⑨玉露春⑩

---

① 丑未觞：一种特制的酒。

② 开运：后晋出帝年号。

③ 鸡酥：指鸡油。酥，本指牛羊乳制成的酥油。亦指滑腻之物。

④ 栈羊：圈内饲养的肥羊。

⑤ 筒子髓：大腿骨髓。

⑥ 醇酒：酒质醇厚的酒。

⑦ 雍都：指古雍县。本为春秋时雍邑，秦德公建都于此。汉置雍县，故城在今陕西凤翔县南。唐至备二年（公元757年）改名凤翔县。著名的"西凤酒"即产于凤翔柳林镇。

⑧ 梁奉常和泉病于甘：梁奉常（家酿制的）和泉酒弊病在于偏甜。奉常，官名。秦代九卿之一。即后来的太常。掌宗庙礼仪，兼掌选试博士。和泉，酒名。病，弊病。甘，甜。

⑨ 拾遗：唐代谏官名。职责为对皇帝进行劝谏，并举荐人员。

⑩ 玉露春：酒名。

病于辛，皇甫①别驾庆云春②病于醨③。光禄大夫④致仕⑤，韦炳取三家酒搅合澄窨饮之⑥，遂为雍都第一名，甆宫集大成⑦。甆宫，谓耀州⑧倩⑨榼⑩。

【译】雍都盛产酒。梁奉常（家酿制的）和泉酒的缺点在于偏甜，刘拾遗的玉露春的缺点在于辛辣，皇甫别驾的庆云春的缺点在于酒味淡薄。光禄大夫辞官回家后，韦炳取三家的酒搅合在一起，藏于地窨澄清后请他（光禄大夫）饮用，于是成为雍都第一名，这个酒集其他酒的优点于一体。甆宫，说的是漂亮的耀州盛酒器具。

祸泉⑪

置之瓶中，酒也。酌于杯，注于肠，善恶喜怒交矣；祸

---

① 皇甫：姓。

② 庆云春：酒名。

③ 醨（lí）：即"镵（chán）"。酒味薄的酒。

④ 光禄大夫：官名。战国时置中大夫，汉武帝时始改称光禄大夫，掌顾问应对。唐宋时为文职阶官称号，为从二品。

⑤ 致仕：交还官职。这里意为辞官还家。

⑥ 韦炳取三家酒搅合澄窨饮之：韦炳把三家的酒混合在一起，藏于地窨澄清后请他（光禄大夫）饮用。窨（yìn），藏于地窨里。

⑦ 甆（cí）宫集大成：集酒的优点于一处。甆宫，指酒。因酒坊贮酒用大瓷缸，故称"甆宫"。甆，同"瓷"。

⑧ 耀州：唐置。在陕西省中部。治所在今耀县。耀州窑为代著名瓷窑之一。

⑨ 倩：俏丽。

⑩ 榼（kē）：古代盛酒或贮水的器具。即口大底小的大瓷缸，今陕西称"酒海"或"海子"。

⑪ 祸泉：祸事的源泉。

福得失歧矣①。倘夫性昏志乱，胆胀身狂，平日不敢为者为之，平日不敢言者言之，言腾烟焰，事堕穽机②，是岂圣人贤人乎？一言蔽之曰："祸泉而已！"

【译】放在瓶子里的是酒。用杯子小酌，进到肠胃里，善恶喜怒都可以产生，引起的祸福得失就很不相同。假如（饮酒过量）到了神志混乱，胆大自我膨胀，平日里不敢做的也敢做了，平日里不敢说的也敢说了，说话像驾腾烟焰一般，做事往往坠入陷阱。这能是圣人贤人的作为吗？一句话概括："祸泉而已！"

瓶盏病③

嗜饮者，无早晚，无寒暑。乐固醉，愁亦如之；闲固醉，忙亦如之。肴核有无，醪醴善否，一不问④；典当抽挪，借贷赊荷，一不恤⑤。日必饮，饮必醉。醉不厌，贫不悔。俗号"瓶盏病"。徧揭《本草》，细检《素问》⑥，只无此一种药。

---

① 善恶喜怒交矣；祸福得失歧矣：善恶喜怒都可以产生，引起的祸福得失就很不相同（意即很难预料）。交，交叉；交错。歧，叉开。引申为歧异，不相同。

② 言腾烟焰，事堕穽（jǐng）机：说话像驾腾烟焰一般，做事往往坠入陷阱。穽机，陷阱。穽，"阱"的异体字。

③ 瓶盏病：嗜酒成瘾的病。瓶、盏，这里指酒具。

④ 肴核有无，醪（láo）醴善否，一不问：有没有下酒的菜肴，酒好不好，一概不管。肴核，肉类、菜类和果类食品。醪，汁滓混合的酒。醴，甜酒。

⑤ 典当抽挪，借贷赊荷，一不恤：为喝酒而当、卖东西，借债赊账，一概不在乎。

⑥ 《素问》：中医学书名。全称为《黄帝内经素问》。是着重论述基础理论的中医学著作。

【译】嗜酒成瘾的人，不分早晚、寒暑都要喝酒。高兴要喝醉，愁闷也是如此；闲了要喝醉，忙了也是如此。有没有下酒菜，酒好不好，一概不管；为喝酒而当卖东西、借钱、赊账，一概不在乎。每天必喝，喝则必醉。醉不厌烦，变得贫穷也不后悔。俗称"瓶盏病"。查遍了《本草》，仔细翻阅《素问》，都找不到能治这病的药。

茗荈门（三十五事）

十六汤

　　苏虞①《仙芽传》第九卷载："作汤十六法"，以谓：汤者，茶之司命②。若名茶而滥汤③，则与凡末同调矣④。煎以老嫩言者凡三品（自第一至第三），以缓急言者凡三品（自第四至第六），以器类标者共五品（自第七至第十一），以薪火论者共五品（自十二至十六）。

　　第一，得一汤。火绩已谙⑤，水性乃尽⑥，盖一而不偏杂者也。天得一而以清⑦，汤得一可建汤勋。

　　第二，婴儿汤。薪火方交，水釜才炽⑧，急取茗旋倾，若婴儿之未孩，欲责以壮夫之事，难矣哉！

　　第三，百寿汤（一名白发汤）。人过百息，水踰十沸，

---

① 苏虞：陈、李本作"苏廙（yì）"，唐代人。
② 茶之司命：关系茶的生命。司，掌管。
③ 滥汤：随意使用水。滥，无节制。汤，烹茶的水。
④ 则与凡末同调矣：就与平常或劣等（茶叶）相同了。凡，平庸，寻常。末，末尾，即最次的。调，格调。
⑤ 火绩已谙（ān）：火功已成熟。火绩，火的威力。绩，功业；成绩。谙，熟悉。
⑥ 水性乃尽：水的性能已充分发挥（陈、李本此句后有："如斗中米，如称上鱼，高低适平，无过不及为度"）。
⑦ 天得一而以清：陈、李本无"而"字，后有"地得一以宁"一句。
⑧ 水釜才炽：釜中水才开。炽，火旺。引申为势盛。

或以话阻，或以事废，始取用之，汤已失性矣。敢问皤鬓苍颜之大老①，还可执弓挟矢以取中乎？还可雄登阔步以迈远乎？

第四，中汤。亦见夫鼓琴者也，声合中②则妙；亦见夫磨墨者也，力合中则浓③。夫声有缓急则琴亡，力有缓急则墨丧，注汤④有缓急则茶败⑤。欲汤之中，臂任其责。

第五，断脉汤。茶已就膏，宜以造化成其形。若手颤臂䌽⑥，惟恐其深，瓶嘴之端，若存若亡⑦，汤不顺通，故茶不匀粹⑧。是犹人之百脉起伏，气血断续，欲寿奚苟⑨，恶毙宜逃⑩。

第六，大壮汤。力士之把针，耕夫之握管，所以不能成

---

① 敢问皤（pó）鬓苍颜之大老：试问鬓发苍白之老人。皤，白。苍颜，面色苍老。大老，年岁大的人。

② 声合中：声音快慢协调，有节奏。

③ 力合中则浓：力量用得适度，墨就容易浓。

④ 注汤：给茶膏内加水煮茶。明代以前，我国饮茶多保持烹煮习惯。先以少量水将茶叶（粉末状）调成稠膏，再加水烹煮，边注水边用竹器环绕搅动。注汤要求缓急适宜，掌握水沸的程度。煮好的茶，要求老嫩适宜，有浮沫。这种浮沫，古人认为是茶之精华。陆羽《茶经》："沫饽（bō），汤之华也；华之薄者曰沫，厚者曰饽。"

⑤ 茶败：即煮得过老或过嫩，或水量不适当，无浮沫。

⑥ 䌽（duǒ）：同"軃（duǒ）"，下垂。

⑦ 瓶嘴之端，若存若亡：从瓶嘴流出的水，时断时续。

⑧ 匀粹：均匀一致。粹，作"专一"解。

⑨ 欲寿奚苟：要长寿，何能苟且马虎。奚，何。

⑩ 恶毙宜逃：不正常的死亡宜于避免。恶，坏；坏事。此处意为不正常。逃，避。

功者，伤于麓也。且一瓯之茗，多不二钱①，若盏量合宜，下汤不过六分。万一快泻而深积之，茶安在哉！

第七，富贵汤。以金银为汤器，惟富贵者具焉。所以策功建汤业②，贫贱者有不能遂也③。汤器之不可舍金银，犹琴之不可舍铜，墨之不可舍胶。

第八，秀碧汤。石凝结天地秀气而赋形者也，琢以为器④，秀犹在焉。其汤不良，未之有也。

第九，压一汤。贵厌金银，贱恶铜铁，则瓷瓶有足取焉。幽士逸夫⑤，品色尤宜。岂不为瓶中之压一乎？然不与夸珍衒豪臭公子道⑥。

第十，缠口汤。猥人俗辈錬水之器，岂暇深择⑦，取热而已矣。是汤也，腥苦且澁⑧。饮之逾时，恶气缠口而不得去。

第十一，减价汤。无油之瓦⑨，渗水而有土气。虽御胯

---

① 且一瓯之茗，多不二钱：煮一瓯茶，用茶叶最多不过两钱。瓯，小盆。

② 策功建汤业：促动建立汤的功业。策，鞭打。引申为促动。

③ 有不能遂也：是不能做到的。遂，成功。

④ 琢以为器：雕琢成茶器。古有以玉石制茶盏者。

⑤ 幽士逸夫：避世隐居的人。

⑥ 然不与夸珍衒（xuàn）豪臭公子道：然而，这不是对爱夸耀富贵阔绰的臭公子们说的。夸珍衒豪，夸耀富贵阔绰。衒，炫耀。

⑦ 岂暇深择：哪有时间多加选择。

⑧ 澁（sè）：同"涩"。

⑨ 无油之瓦：即未曾上釉的陶器。油，同"釉"，物有光泽。瓦，一种陶土烧成的器物。

宸缄①，且将败德销声②。谚曰："茶瓶用瓦，如乘折脚骏登高③"。好事者幸志之。

第十二，法律汤。凡木可以煮汤，不独炭也，惟沃茶之汤非炭不可。在茶家④亦有法律⑤。水忌停⑥，薪忌薰⑦。犯律踰法，汤乖则茶殆矣⑧。

第十三，一面汤。或柴中之麸火⑨，或焚馀之虚炭，木体虽尽而性且浮。性浮则汤有终嫩之嫌。炭则不然，实汤之友。

第十四，宵人汤。茶本灵草，触之则败。粪火⑩虽热，恶性未尽。作汤泛茶⑪，减耗香味。

第十五，贼汤（一云贱汤）。竹篠树稍风日干之⑫，燃

---

① 虽御胯（kuà）宸缄（jiān）：虽然置于帝王胯下封闭。胯，两股（大腿）之间。宸，北辰所居，因以指帝王的宫殿，又引申为王位、帝王的代称。缄，封闭。

② 且将败德销声：也会败坏（茶的）功德声誉。

③ 如乘折脚骏登高：就像骑折了蹄子马去攀登高山。

④ 茶家：讲究吃茶的人。

⑤ 法律：指方法、规则、制度等。

⑥ 水忌停：水不能时沸时停。

⑦ 薪忌薰：煮茶的柴火不能有烟熏味。

⑧ 汤乖则茶殆矣：水不正常，茶就难好了。乖，不正常，不和谐。殆，危险；不安。

⑨ 麸（fū）火：质松而轻的木柴燃烧的火。

⑩ 粪火：用牲畜粪便做燃料的火。

⑪ 作汤泛茶：即烧水煮茶之意。

⑫ 竹篠（xiǎo）树稍风日干之：将小竹子和树枝晾晒干。竹篠，小竹子。

鼎附瓶①，颇甚快意。然体性虚薄，无中和之气②，为茶之残贼也③。

第十六，大魔汤。调茶在汤之淑慝④，而汤最恶烟。燃柴一枝，浓烟蔽室⑤，又安有汤耶。苟用此汤，又安有茶耶。所以为大魔。

【译】苏虞写的《仙芽传》第九卷里记载："做汤十六法"，论述说：水关系茶的生命。如果随意使用水煮好茶，那么好茶和平常（或劣等）的茶也就相同了。煎茶以老嫩为标准有三条（自第一至第三），以缓急为标准有三条（自第四至第六），以器皿用具为标准有五条（自第七至第十一），以柴火燃料为标准有五条（自第十二至第十六）。

第一，得一汤。火候到了，水的性能充分发挥，互相平衡一致了。得一可以清明，煎茶的火攻掌握适当，可为煮好茶建立功勋。

第二，婴儿汤。柴火刚旺，水才开，就急于将茶叶倒进去。就如同婴儿还没长成幼儿，就让他肩负成年人要干的事情一样，太难了！

---

① 燃鼎附瓶：意指烧饭煮茶。鼎，古代炊器。附瓶，依附于茶瓶。即在茶瓶底下点燃。

② 无中和之气：火力不适中。中和，人的性情中正和平。

③ 为茶之残贼也：是伤害、毁坏茶的东西。

④ 调茶在汤之淑慝（tè）：煮茶在于水之好坏。淑，美好。慝，邪恶。

⑤ 浓烟蔽室：浓烟弥漫于室内。蔽，遮蔽。

第三，百寿汤（也叫白发汤）。人活过百岁，水开超过十次，或者因为说话，或者因为办事耽误了时间，这时候的水再拿过来用，就已经失去自身的性能（自然属性）。请问鬓发斑白的老人，还能够执弓夹箭而射中（目标）吗？还能迈开大步而远行吗？

第四，中汤。见过弹琴的人，声音快慢协调的才算弹得好；见过磨墨的人，力量用得适度，墨才能磨得浓。声音不协调，琴声就不好听；力量不适度，墨就不能用。给茶膏内加水煮茶不得当，茶就煮不好。加水煮茶若要得当，全靠手臂的功夫。

第五，断脉汤。茶膏调好以后，就要靠创造培养使其成形了。如果手臂下垂，唯恐加入的水太多，瓶嘴流出的水时断时续，不是平稳的流入，茶就不会均匀一致。这就像人的百脉起伏，气血断断续续，要长寿怎么能苟且马虎呢，要避免不正常的死亡。

第六，大壮汤。大力士拿着针，耕地的农民握笔管，之所以不能成功，是因为他们太粗笨了。一小盆茶，最多不过二钱，如果盏内水量合适，注入的水不过六成。万一注水快而使水量太深，哪里还有茶味啊！

第七，富贵汤。用金银当作煮茶的器皿，只有富贵的人才能具备。用它们才能煮好茶，贫穷的人是做不到的。煮茶离不开金银器具，就好比琴离不开铜、墨离不开胶一样。

第八，秀碧汤。玉石是凝结天地灵秀之气生成的，用来雕琢成煮茶的器具，那灵秀之气依然存在。用它来煮出的茶不好喝，是从来没有过的事。

第九，压一汤。富人嫌弃金银、穷人嫌弃铜铁，那么瓷瓶就值得选用了。幽雅隐居的人品评好坏，最适合用。这难道不是瓷瓶能压倒一切的优势吗？然而，这不也是对那些爱夸耀富贵阔绰的臭公子最好的说辞吗。

第十，缠口汤。那些庸俗的人用来煮茶的器具，哪有时间多加选择，能烧开就行了。所煮茶的水，腥苦而且涩。喝过以后，污秽之气缠绕于口，久久不能去掉。

第十一，减价汤。未曾上釉的陶器，不仅渗水还有土气。虽能用于帝王的宫殿，但（用来煮茶）也会败坏茶的声誉。谚语说："茶瓶用瓦，就好像骑着蹄子折断了的马去登山。"好事者有幸记录下来（这句谚语）。

第十二，法律汤。不仅是炭，木材也可以用来烧水的，不是煮茶的水非烧炭不可。讲究吃茶的人也是有其规则的。水不能时沸时停，煮茶的柴火也不能有烟熏味。不符合要求，水就不正常，煮出的茶也就不会好喝了。

第十三，一面汤。或是质松而轻的木柴燃烧的火，或是烧剩下的虚弱的木炭火，火性都轻浮无力。火性都轻浮无力，水终归有骄嫩的弊病。好炭就不一样了，那可是水的好朋友。

第十四，宵人汤。茶本是娇嫩之物，碰触就会损败。用牲畜粪便做燃料的火虽然很热，但是恶臭没有除净。用来烧水煮茶，减损茶的香味。

第十五，贼汤（也叫贱汤）。把小竹子或树枝晒干，用来烧水煮茶，太方便（愉快）了。但是它们的火力不够，是损害茶品质的东西。

第十六，大魔汤。煮茶在于水的好坏，而水最怕烟。点燃一枝柴，满屋浓烟，哪里烧得出好水啊。如果用这样的水，又哪里还有好茶吃啊。所以烟是大魔鬼。

龙坡山子茶

开宝①中，窦仪②以新茶饮予，味极美。奁面标云③："龙坡山子茶"。龙坡是顾渚④之别境⑤。

【译】开宝年间，窦仪请我喝新茶，味道特别好。装茶的盒子上面标着："龙坡山子茶"。龙坡山是顾渚的特别境地啊。

---

① 开宝：宋太祖年号（公元968—975年）。
② 窦仪：宋人。字可象。后周显德年间拜端明殿学士，入宋历任工部尚书、翰林学士、礼部尚书。
③ 奁（lián）面标云：盒面上标明。奁，装茶叶的小盒子。
④ 顾渚（zhǔ）：即顾渚山。在今浙江长兴县。该地所产紫笋茶极负盛名，曾为贡品。
⑤ 别境：特别境地。即特产龙坡茶之地。

圣赐花

吴①僧梵川,誓愿燃顶供养双林傅大士②。自往蒙顶结庵种茶③。凡三年,味方全美。得绝佳者圣赐花、吉祥蕊,共不踰五斤,持归供献。

【译】吴国僧人梵川,立誓愿意燃顶供奉双林寺傅菩萨。自己前往蒙山之顶建草屋种茶。经过三年,味道才特别好。他摘得最好的圣赐花、吉祥蕊,总共不超过五斤,拿回来供献(于佛)。

汤社

和凝④在朝,率同列递日以茶相饮。味劣者有罚。号为"汤社"。

【译】和凝在朝里做官的时候,每天带着同僚一起喝茶。煮茶味道不好的人是要受到惩罚的。他们把这个活动起名叫"汤社"。

---

① 吴:五代十国之一。

② 誓愿燃顶供养双林傅大士:立誓愿燃顶到双林寺供奉傅菩萨。燃顶,佛教修真法之一。修真,修习真理。供养,供奉。双林,佛教寺名。大士,佛教称佛和菩萨为大士。

③ 自往蒙顶结庵种茶:自己前往蒙山之顶建草屋种茶。蒙顶,蒙山之顶端。亦为茶名。据《陇蜀余闻》:蒙山在四川名山县西十五里。有五峰,最高者曰上清峰。其巅一石大如数间屋。有茶七株,生石上,无缝罅(xià)。相传为甘露大师所手植。产生(茶)甚少,明时贡京师,岁仅一钱。庵,小草屋。

④ 和凝:五代词人,公元898—955年。字成绩,郓州须昌(今山东东平县须城镇西北)人。梁时举进士,历仕晋、汉、周各朝,官至左仆射、太子太傅,封鲁国公。

楼金耐重儿①

有得建州②茶膏③，取作耐重儿八枚，胶以金缕，献于闽王曦④。

【译】有人得到了建州茶膏，做成八枚"耐重儿"（用规范制作的一种团茶或饼茶），在茶面上粘贴金丝纹饰，献给闽国王曦。

乳妖

吴僧文了善烹茶。游荆南⑤，高保勉⑥白于季兴，延置紫云庵，日试其艺。保勉父子呼为汤神。奏授华定水大师上人⑦。目曰"乳妖"⑧。

【译】吴地的和尚文了善于煮茶。游历荆南的时候，高保勉告诉了高季兴，把文了请到紫云庵，每天都试他的煮茶

---

① 耐重儿：用规范制作的一种团茶或饼茶的名字。饼茶也称"片茶"。

② 建州：州名。唐武德四年（公元621年）置。治所在建安（今建瓯），辖境相当于今福建南平市以上的闽江流域（沙溪中上游除外）。

③ 茶膏：此处指碾碎的茶末。毛文锡《茶谱》："茶研膏为之，皆片团如月。"

④ 闽：五代时十国之一。王曦：闽国君主。公元939—942年在位。

⑤ 荆南：五代时十国之一。公元907年高季兴任后梁荆南节度使，公元924年后唐封为南平王，史称荆南或南平，据有今湖北江陵、公安一带，建都荆州（今湖北江陵）。公元963年为北宋所灭。

⑥ 高保勉：疑是高从诲之子。

⑦ 奏授华定水大师上人：奏请授于"华定水大师上人"之称号。大师，指有巨大成就而为人所崇仰的学者或艺术家。佛教徒称佛为大师。此处有双关意。上人，僧人之尊称。

⑧ 目曰乳妖：视之为乳妖。乳妖，有烹茶特技者。因茶泡称乳花，故名。妖，指异常特殊的事物。

技艺。保勉父子称文了为"汤神"。上奏请授于"华定水大师上人"的称号。把他看作"乳妖"（有烹茶特技者）。

清人树

伪闽①甘露堂前两株茶，郁茂婆娑②，宫人呼为"清人树"。每春，嫔嫱③戏摘新芽，堂中设"倾筐会④"。

【译】闽国宫里的甘露堂前种了两株茶树，长得枝叶茂盛，高低疏密有致，宫里人称作"清人树"。每年春天，宫里女官们都去摘新芽，堂里还设有"倾筐会"（采茶会）。

玉蝉膏

大理⑤徐恪见贻⑥卿信锭子茶⑦，茶面印文曰："玉蝉膏"。一种曰"清风使"。恪，建⑧人也。

【译】大理徐恪赠送卿信砖茶，茶面上印有："玉蝉膏"三字。还有一种印有"清风使"。徐恪是建州人。

---

① 伪闽：指五代时十国之闽。

② 郁茂婆（pó）娑（suō）：枝叶茂盛，高低疏密有致。

③ 嫔嫱（qiáng）：嫔、嫱，均宫廷女官名。《左传·哀公元年》："宿有妃、嫱、嫔、御焉。"杜预注："妃、嫱，贵者；嫔、御，贱者。皆内官。"

④ 倾筐会：即采茶会。倾筐，把筐子里东西全倒出来。意指采茶。

⑤ 大理：官名。本秦汉之廷尉。掌刑狱，为九卿之一。北齐后改称大理寺卿。

⑥ 见贻：赠送。

⑦ 锭子茶：砖茶。

⑧ 建：指建州，今福建建瓯。

森伯①

汤悦②有《森伯颂》，盖茶也。方饮而森然严于齿牙。既久，四肢森然。

【译】汤悦写过《森伯颂》，说的是一种茶。刚一喝此茶，牙齿凉飕飕的。喝的时间长了，四肢都凉飕飕的。

水豹囊

豹革为囊，风神呼吸之具也③。煮茶啜之，可以涤滞思而起清风④。每引此义，称茶为"水豹囊"。

【译】用豹子皮做成风囊，可以鼓风。煮茶来喝，可以开通思路而使神清气爽。每想到这个含义，就觉得可把茶称作"水豹囊"。

不夜侯

胡峤⑤饮茶诗曰："沾牙旧姓馀甘氏⑥，破睡⑦当封不夜

---

① 森伯：一种茶的名称。

② 汤悦：即殷崇义。南唐人。博学能文。李璟时任右仆射。开宝年间以司空知左右内史事。国亡入宋，为避讳改姓名为汤悦。

③ 风神呼吸之具也：古人以皮囊鼓风，故称为风神呼吸之具。

④ 可以涤滞思而起清风：可以开通思路而使神清气爽。涤，洗濯，扫除。滞，不流通。

⑤ 胡峤：五代时人。

⑥ 沾牙旧姓馀甘氏：意谓沾牙茶旧时称馀甘。宋蔡襄《茶录》："次有柑叶茶，树高丈余，径头七八寸，叶厚而圆，状类柑桔之叶。其芽发即肥乳，长二寸许，为食茶之上品。"柑叶茶或即"沾牙"。牙，通"芽"。沾牙，茶名。馀甘，即馀甘子。亦称"油柑""庵摩敕"，属大戟科，系多枝灌木或乔木，果实肉质，扁圆形，黄绿色，熟时变红，供食用，初食酸涩，后转甘甜，故名。

⑦ 破睡：破除睡意。

侯^①"。新奇哉！

鸡苏佛

犹子^②彝之，年十二岁。予读胡峤诗，因令盁法之^③，近晚成篇。有云："生凉好唤鸡苏佛^④，回味宜称橄榄仙。"然彝之亦文词之有基址者也。

【译】在侄子彝之十二岁的时候。我曾读胡峤的诗，就让他仿着作了一首，快到晚上的时候他写出来了。有一首诗写道："生凉好唤鸡苏佛，回味宜称橄榄仙。"看来彝之的文词也是有根基的啊。

冷面草

符昭远不喜茶，曰："此物面目严冷，了^⑤无和美之态，可谓冷面草也。"

【译】符昭远不喜欢茶，就说："这东西面目冷淡，一点好看的样子都没有，可以叫冷面草。"

---

① 侯：官爵名。

② 犹子：指侄子。

③ 因令盁（fàn）法之：因而令他仿效作诗。

④ 生凉好唤鸡苏佛：意为欲生清凉之感，即饮用鸡苏茶。好，喜爱；嗜好。唤，召唤。鸡苏，茶名。佛，对茶的人格化称谓。

⑤ 了：全然。

晚甘侯

孙樵①送茶与焦刑部②书云:"晚甘侯十五人遣侍斋阁③。此徒④皆请雷而摘⑤,拜水而和⑥。盖建阳⑦丹山碧水之乡⑧,月涧云龛之侣⑨,慎勿贱用之。"

【译】孙樵送茶给焦刑部的时候附信说:"送了十五个'晚甘侯'(茶)去侍奉您。这些都是在打雷的时候采摘

---

① 孙樵:唐散文家。字可之,关东人。大中年间中进士,授中书舍人。黄巢起义军入长安,随僖宗奔歧陇,迁职方郎中。

② 刑部:官署名。掌管国家的法律、刑狱事务。此处系官职名,即刑部尚书。

③ 晚甘侯十五人遣侍斋阁:遣送晚甘侯15人来斋阁侍奉。晚甘侯,对茶的拟人化称谓。侯,爵位名。

④ 徒:旧称步卒或服劳役的犯人。此处指茶。

⑤ 请雷而摘:趁雷声而采摘。毛文锡《茶谱》:"蜀之雅州有蒙山。山有五顶,顶有茶园。其中顶曰上清峰。昔有僧病冷且久,尝遇一老父,谓曰:'蒙之中顶茶,尝以春分之先后,多构人力,俟雷之发声,併(bìng,同'并')手采摘,三日而止。若获一两,以本处水煎服,即能祛宿疾;二两,当眼前无疾;三两,固以换骨;四两,即为地仙矣。'是僧因之筑室以候。及期,获一两余,服未竟而病瘥(chài,病愈)。"

⑥ 拜水而和:用祭拜而来的泉水拌和。毛文锡《茶谱》:"湖州长兴县啄木岭金沙泉,即每岁造茶之所也。湖、常二郡,接界于此。厥土有境会亭,每茶节,二牧(按:一州的军政长官称'州牧')皆至焉。斯泉也,处沙之中,居常无水。将造茶,太守具仪注(按:仪注,即仪礼制度),拜敕祭泉。倾之发源,其夕清溢。造供御者毕,水即微减。供堂者毕,水已半之。太守造毕,即涸矣。"

⑦ 建阳:县名。在福建省西北部。

⑧ 丹山碧水之乡:意为景色秀丽之地。丹山,赤山。袁山松《宜都记》:"寻西北陆行四十里,有丹山。山间时有赤气笼盖,林岭如丹色,因以名山。"

⑨ 月涧云龛(kān)之侣:山涧云雾的伴侣。与"丹山碧水之乡"共同形容建阳之风景秀丽、幽美。月涧,山涧如月悬空。云龛,云雾缭绕山间如龛室。龛,供奉佛像或神像的石室或柜子。

的，用祭拜时的泉水拌和的。建阳可是景色秀丽、云雾笼罩的地方啊，这里出来的茶千万不要随随便便就用掉。"

生成盏

馔茶①而幻②出物象于汤面者，茶匠通神之艺也。沙门福全生于金乡，长于茶海，能注汤幻茶③，成一句诗，并点四瓯④，共一绝句，泛乎汤表。小小物类，唾手办耳。檀越日造门求观汤戏⑤，全自咏曰："生成盏里水丹青⑥"云云。

【译】茶匠们有一种通神的本领，就是能在煎茶的时候，利用热汽与水纹在水面上变化出各种物象。福全和尚在金乡出生，此地盛产茶叶，他能在注汤时注出字来形成一句诗，把四碗茶挨着，一次点下去，生成一行绝句，飘在茶汤上面。至于形成其他东西，那更是很容易就能办到。施主们每天登门拜访，想要看注汤幻茶的手艺，福全自己吟道："生成盏里水丹青。"

---

① 馔茶：即煮茶。

② 幻：变化。

③ 注汤幻茶：即在注汤时使茶面变化出类似物象或文字的汤纹。

④ 并点四瓯（ōu）：相挨着点茶四瓯。并，相挨着。点，即点茶。注汤又称点茶。

⑤ 檀越日造门求观汤戏：施主们每天找上门来要求观看注汤幻茶的游戏。檀越，佛教名词。梵文的音译。意译"施主"。寺院僧人对施舍财物给僧团乾的尊称。造，到。戏，游戏。

⑥ 丹青：丹、青两种颜色。此句下李本有"巧画工夫学不成。欲笑当时陆鸿渐，煎茶赢得好名声。"三句，而无"云云"二字。

茶百戏

茶至唐始盛。近世有下汤①运匕②，别施妙诀，使汤纹水脉成物象者，禽兽虫鱼花草之属，纤巧如画，但须臾即就散灭。此茶之变也，时人谓之"茶百戏"。

【译】到了唐代茶开始兴盛。现在有人在倒水点茶的时候用竹筴搅动，另外施展绝妙的手法，使水纹能幻化成禽、兽、虫、鱼、花、草等各种样子，细小得像画一样，但马上就消散了。这是喝茶的一个变化，人们称为"茶百戏"。

漏影春③

漏影春，法用缕纸④贴盏⑤，糁茶而去纸⑥，伪为花身⑦；别以荔肉为叶，松实⑧、鸭脚⑨之类珍物为蕊⑩，沸汤点搅。

---

① 下汤：即注汤。

② 运匕：即用竹筴（jiá）搅动。匕，指煮茶用的一种竹器。古代煮茶注汤时，须同时以竹器搅动汤水。陆羽《茶经》称此物为"竹筴"。宋徽宗赵佶撰《大观茶论》称为"茶筅（xiǎn）"，云："茶筅以角力竹老者为之。身欲厚重，筅欲劲，本欲壮而末必眇（miǎo），当如剑瘠（jí）之状。"

③ 漏影春：一种特制茶的名字。

④ 缕纸：细纸条。

⑤ 贴盏：贴于茶盏。

⑥ 糁茶而去纸：撒上小茶粒后把纸去掉。糁，散粒。

⑦ 伪为花身：做成花身。伪，人为。花身，意指花瓣。

⑧ 松实：松子。

⑨ 鸭脚：银杏的别名。《本草纲目·果部二》："银杏原生江南，叶似鸭掌，因名鸭脚。"

⑩ 蕋（ruǐ）："蕊"的异体字。

【译】制作"漏影春"的方法是：先用细纸条贴在茶盏上，撒上茶粒后去掉纸条，做成花瓣；再用荔枝肉做成叶子，把松子、银杏之类的珍贵东西做成花蕊，用开水点下去搅拌。

甘草癖

宣城何子华邀客，酒半，出嘉阳严峻画陆鸿渐象①。子华因言："前世惑骏逸者为马癖，泥贯索者②为钱癖，耽于子息者为誉儿癖③，耽于褒贬④者为《左传》⑤癖。若此叟者，溺于茗事，将何以名其癖？"杨粹仲曰，"茶至珍，盖未离乎草也。草中之甘，无出茶上者。追宜目陆氏为甘草癖。"坐客曰："允矣哉！"

【译】宣城的何子华有一次请客，酒喝到一半，拿出嘉阳人严峻画的陆鸿渐像。何子华说："以前迷上骏马的人可以称作马癖，沉迷于聚集钱财的人是钱癖，过分乐于孳生子孙的人是誉儿癖，痴迷于赞美和贬斥的人是《左传》癖。像这个老人家（陆鸿渐，即陆羽），沉溺于喝茶这件事，要如

---

① 出嘉阳严峻画陆鸿渐象：拿出嘉阳人严峻所画的陆鸿渐像。出，拿出，出示。嘉阳，地名。陆鸿渐，即陆羽。以嗜茶著名，撰有《茶经》。

② 泥贯索者：专心于聚集钱财的人。泥，拘泥。贯索，穿钱的绳索，即钱串。

③ 耽于子息者为誉儿癖：过分乐于孳生子孙的人称誉儿癖。耽，酷嗜。子息，犹言子嗣。也指子孙。誉儿，以儿女取乐。誉，通"豫"，欢乐。

④ 褒贬：赞美和贬斥。

⑤ 《左传》：亦称《春秋左氏传》或《左氏春秋》。相传为春秋时鲁国左丘明所撰。它是以褒贬历史人物、历史事实而著称的史书。

何评价他的嗜好呢?"杨粹仲说,"茶再好,也不过就是一种草罢了。再甘香的草,也没有超过茶的。可以把陆羽看作是甘草癖。"在坐的客人都说:"太对了!"

苦口师[①]

皮光业[②]耽茗事。一日,中表[③]请[④]尝新柑,才至,呼茶甚急。径进一巨瓯。题诗曰:"未见甘心氏[⑤],先迎苦口师"。

【译】皮光业沉溺于喝茶。有一天,他的表亲请他尝新采到的柑,皮光业刚到,就喊着要喝茶,于是直接喝了一大盆茶。题诗说:"未见甘心氏,先迎苦口师。"

---

① 苦口师:对茶的戏称。
② 皮光业:五代吴越人。皮日休之子,字文通,曾任吴越丞相。
③ 中表:古代称父亲的姊妹(姑母)的儿子为外兄弟,称母亲的兄弟(舅父)姊妹(姨母)的儿子为内兄弟。外为表,内为中,合称"中表兄弟"。后称同姑母、舅父、姨母的子女之间的关系为"中表"。
④ 请:涵本为"前",据陈、李本改。
⑤ 甘心氏:对柑的戏称。

百果门（三十八事）

瑞圣奴①

天宝年②，内中③柑树结实。帝日与贵妃赏。御呼为"瑞圣奴"。

【译】天宝年间，皇宫里种的柑树结了果实。皇帝每天和贵妃赏玩。皇帝把它称作"瑞圣奴"。

馀甘尉④

邺中⑤环桃实特异。后唐庄宗⑥曰："昔人以桔为千头木奴⑦，此不为馀甘尉乎"。

【译】在邺中这个地方，环桃的果实长得特别奇怪。后唐庄宗说："前人把桔子称为千头木奴，还不如称馀甘尉呢"。

---

① 瑞圣奴：给皇帝以祥瑞的奴婢。瑞，祥瑞。圣，称颂帝王之词，如圣上、圣旨、圣驾等。奴，奴婢。

② 天宝年：即天宝年间。天宝，唐玄宗李隆基的年号（公元742—755年）。

③ 内中：皇宫里。

④ 馀甘尉：对馀甘子人格化的称谓，意思是侍奉帝王的臣僚。尉，古官名和军衔名。

⑤ 邺中：邺都地方。五代后唐同光元年（公元923年）改魏州为兴唐府，建号东京；同光三年（公元926年）又改东京为邺都。故址在今河北省大名县东北。

⑥ 庄宗：五代时后唐王，系唐时晋王李克用的儿子，名李存勖。

⑦ 千头木奴：对桔子人格化的称谓。桔子是多枝灌木或乔木，故称千头木。奴，即奴婢。

梅檀

冯长乐①别墅②,有数种梅檀,紫粉分心③、软龄④之类。

【译】(略)

冷金丹

未熟来禽⑤百枚,采用蜂蜜浸十日,取出;别入蜂蜜五斤、细丹砂末二两,搅拌封泥。一月出之,阴干。名"冷金丹"。饭后、酒时食一两枚,其功胜"九转丹⑥"。

【译】取未熟的来禽一百个,用蜂蜜浸泡十天,拿出来;另外再放进蜂蜜五斤、细丹砂末二两,搅拌后用泥密封。一个月后打开,放背阴的地方晾干。取名"冷金丹"。饭后、喝酒的时候吃一两个,功用胜过"九转丹"。

省事三

北戎⑦莲,实狭长,少味。出藕颇佳,然止三孔。用汉

---

① 冯长乐:冯道,五代时瀛州景城(今河北交河东北)人,字可道,自号长乐老。后唐、后晋时,历任宰相;后汉时,任太师;后周时,又任太师。

② 别墅:指住宅外另置的园林游息处及其建筑物。

③ 紫粉分心:花心分紫、白(或紫、红)两种颜色。紫粉,紫色、白色。紫粉,又可作"印泥"解。杨慎《升庵外集》:"今之紫粉,古称之芝泥;今之锦砂,古谓之丹镬(红色的涂漆)。皆濡印染籀(zhòu,汉文的一种字体,一名'大篆')之具也。"故亦可解为紫、红两色。

④ 龄(líng):"蒂"的异体字。花或瓜果跟枝茎相连的部分。

⑤ 来禽:植物名。亦名"林檎""花红""沙果"。落叶小乔木,叶卵圆或椭圆形,花粉红色。果实球形,似苹果而小,黄绿色带微红。

⑥ 九转丹:即九转金丹。道家炼烧金丹,以九转为贵。转,循环变化之意。如把丹砂烧炼成水银,将水银炼成丹砂,烧炼时间越久,则转数越多,效能越好。

⑦ 北戎:古族名,也叫"山戎"。春秋时原居山西太原,后迁居河北省北部。此处指北戎居住的地区。

语转译其名曰"省事三"。

【译】北戎当地出产的莲,果实狭长,没有味道。长出的藕很好,但是只有三个眼儿。用汉语把这种莲的名字翻译过来就叫"省事三"。

蜜父蜡兄

建业①野人②,种梨者,夸其味,曰"蜜父";种枇杷者,恃其色,曰"蜡兄"。

【译】建业当地的农民,种梨的,夸赞它的味道,称它为"蜜父";种枇杷的,靠着它的颜色,称它为"蜡兄"。

青灰蔗

甘蔗盛产吴中③,亦有精粗。崑崙蔗、夹苗蔗、青灰蔗④皆可炼糖,桄榔蔗、白岩蔗⑤乃次品。糖坊中人盗了未煎蔗

---

① 建业:古县名。东汉建安十七年(公元212年)孙权改秣陵县设建业县。治所在今南京市。吴黄龙元年(公元229年)自武昌迁都于这里。晋太康元年(公元280年)灭吴,又改名秣陵。太康三年,分淮水(今秦淮河)南为秣陵,秦淮河以北为建业,并改业为邺。后又改为建康。

② 野人:亦称"鄙人"。古时称四郊以外的地区为"野"或"鄙",称住四郊以外的人为野人。

③ 吴中:地名。泛指春秋时吴国地方,包括今江苏省、上海市大部和安徽、浙江省各一部分;旧时对吴郡或苏州府的别称。

④ 崑崙蔗、夹苗蔗、青灰蔗:均为当时甘蔗的品种。

⑤ 桄榔蔗、白岩蔗:均为当时甘蔗的品种。

液盈碗①，啜②之。"功德浆③"即此物也。

【译】吴中出产甘蔗，也有好坏的分别。昆仑蔗、夹苗蔗、青灰蔗都可以炼糖，桄榔蔗、白岩蔗就是次品了。"功德浆"指的是糖坊里的人偷喝满碗没煎煮前的甘蔗汁。

金香大丞相④

庄宗小酌，进新桔。命诸伶詠⑤之。唐朝美⑥诗先成⑦，曰："金香大丞相，兄弟八九人。剥皮去滓子，若个⑧是汝身"。帝大笑，赐所御软金杯。

【译】庄宗一次小酌（酒），地方上进贡了新摘的桔子。庄宗就让周围的伶人颂咏桔子。唐朝美首先作诗一首，说："金香大丞相，兄弟八九人。剥皮去滓子，若个是汝身。"皇帝听了大笑，把自己喝酒用的金杯赏赐给他。

---

① 盈碗：满碗。

② 啜（chuò）：吃，喝。

③ 功德浆：当时糖坊工人中的行话，指未熬糖前的甘蔗汁。

④ 金香大丞相：对桔子的比喻。

⑤ 詠（yǒng）：同"咏"。

⑥ 唐朝美：后唐庄宗宫里的乐官名。善作诗。本文中四句诗被收入《全唐诗外编》。

⑦ 诗先成：首先成诗。

⑧ 若个：哪个。

赤志翁

予尝以鸭卵及莲枝、一捻红①饷②符昭远③,介还并送一诗④,云:"圣朝初出赤志翁⑤,丑杖旁扶赤志翁⑥"。

【译】我曾经用鸭蛋、莲枝和红牡丹赠送给符昭远,后来他派人回谢并送来一首诗,诗里说:"圣朝初出赤志翁,丑杖旁扶赤志翁。"

河东饭

晋王⑦尝⑧穷追⑨汴师⑩,粮运不继,蒸栗以食。军中遂呼

---

① 一捻红:红牡丹之别名。《全芳备祖》:"唐明皇时,有献牡丹者。时贵妃匀面,口脂在手,印于花上。诏栽于仙春馆。来岁花开,瓣有指印,名为'一捻红'。"

② 饷:赠送。

③ 符昭远:北宋时人,曾任御史。

④ 介还并送一诗:他派人回谢并带来他送的一首诗。介,在古代,宾主之间的应接传言人叫"介"。

⑤ 赤志翁:指"一捻红"。赤志,赤色志。暗指杨贵妃。

⑥ 丑杖旁扶赤志翁:在丑杖旁加以支持的赤志翁。意指杨国忠依靠其妹受宠于玄宗而居于显贵之位。丑杖,指莲枝。"莲枝"与"连枝"同音。"连枝"常用以比喻同胞兄弟。此处疑是指贵妃之堂兄杨国忠。唐玄宗时,贵妃受宠,杨国忠操纵朝政,权倾天下,结党营私,贿赂公行,为世人所唾骂,故斥为"丑杖"。丑杖,意即丑恶的杖持者。

⑦ 晋王:指后晋石敬瑭。

⑧ 尝:曾。

⑨ 穷追:极力追赶。

⑩ 汴师:汴梁的军队。

栗为"河东①饭"。

【译】晋王曾经极力追赶汴梁的军队，粮草运不上来，就蒸栗子来吃。当兵的都把栗子叫"河东饭"。

鸡冠枣

睢阳②多善枣。鸡冠枣宜作脯。醍醐枣③宜生啖。或谓枣是"圣花儿"。

【译】睢阳有很多品种的枣，都非常好。鸡冠枣适合制作脯。醍醐枣适合生着吃。有人说枣是"圣花儿"。

红云宴

岭南④荔枝固不逮闽蜀⑤。刘鋹⑥每年设红云宴⑦，正荔枝

---

① 河东：古地区名。战国、秦、汉时指今山西省西南部；唐以后泛指今山西全省。因黄河经此作此南流向，本区位在黄河以东而得名。自秦以来，"河东"又先后为郡、县、道、路及方镇名。唐开元十八年（公元730年）改太原府以北诸军州节度为河东节度，治所在太原（今山西太原市西南晋源镇）。长期领有太原府及石、岚、汾、沁、仪、忻、代等州，辖境相当今山西长城以南，中阳、灵石、沁源、榆社、左权以北地区。石敬瑭曾为后唐河东节度使，故此处或指其所辖地区。

② 睢阳：地名。秦朝设睢阳县，在睢水之北，今河南商丘县南。唐天宝元年设睢阳郡，所辖有河南睢县、拓城、夏邑，安徽砀山，山东单县、曹县之间的地方。

③ 醍（tí）醐（hú）枣：醍醐，酥酪上凝聚的油。《本草纲目·兽一》"醍醐"引寇宗奭（shì）的话说："作酪时，上一重凝者为酥，酥上如油者为醍（kūn）醐。熬之即出，不多可得，极甘美。"这里的"醍醐枣"是枣子的一个品种名。

④ 岭南：指今广东、广西及越南北部地方。亦称"岭表""岭外"。古时因这些地方在五岭（越城、都庞（páng，同"厐"）、萌渚（zhǔ）、骑田、大庾（yǔ））以南，故名。

⑤ 固不逮（dài）闽蜀：本来不到闽蜀。逮，到。

⑥ 刘鋹（chǎng）：五代时南汉的国君。公元958—971年在位，公元971年投宋，被封为恩赦侯。

⑦ 红云宴：南汉国君刘鋹给他的宴席取的名字，因有红荔枝而得名。

熟时。

【译】岭南的荔枝本来送不到闽蜀这些地方。每年荔枝成熟的时候，刘鋹都开设红云宴。

玉枕藷①

岭外多藷。间有②发深山邃谷③而得之者，枚块连属④，有数十斤者。味极甘香，人多自食，未尝货于外⑤。本名"玉枕藷"，又号"三家藷"。

【译】岭外有很多薯。偶尔在深远的山谷里能挖到，大小块相连，可以挖到几十斤。味道特别香甜，当地人大多是自己吃，没有拿到外面卖的。本名叫"玉枕薯"，又叫"三家薯"。

土麝香

尝因会客食瓜，言最恶麝香。坐有张延祖曰："是大不然。吾家以麝香种瓜，为乡里冠。但人不知制伏之术耳。"求麝香二钱许怀去。后旬日，以药末搅麝香见送。每种瓜一窝，根下用药一捻⑥。既结实，破之，麝气扑鼻。次年种其子，名之曰"土麝香"。然不用药麝，止微香耳。

---

① 藷（shǔ）："薯"的异体字。此处指一种野生的薯蓣（yù）类植物。

② 间有：间或有。

③ 邃（suì）谷：深远的山谷。邃，深远。

④ 枚块连属：主块连同周围的小块。

⑤ 未尝货于外：不曾拿到外边去卖。

⑥ 捻：一小捏。

【译】一人经常请客吃瓜,说最讨厌麝香。在座的有个叫张延祖的说:"这太不对了。我家里用麝香种瓜,在乡里数第一名。只是很多人不知道正确使用它的方法罢了。"于是张延祖要了二钱多麝香装到袖里带走了。过了十天左右,他把用药末搅拌好的麝香送了回来。每次种一窝瓜,在其根部底下用一小捏这个药。等到结了瓜,切开它,麝香气扑鼻而出。第二年把这种瓜的种子种下去,叫"土麝香"。如果不用药麝香,就只有微微的香气。

掌扇冈

樱桃素盛睢阳。地名掌扇冈尤繁。有一树收子至三石者。

【译】睢阳向来以盛产樱桃出名。有个叫掌扇冈的地方尤其多。有一棵树能收三石(一石为今一百二十斤)果实。

东韦李①

东韦李,朔方②处处有。云韦氏中东脊③之孙种来得名。

【译】朔方这个地方到处都有东韦李。是因云韦氏族里一个叫东脊的人的孙子首先种植而得的名。

---

① 东韦李:李树的一种。李,果木名。落叶乔木,叶倒卵形,花白色,果实球形,果皮黄或紫红色,味甜,可生食。

② 朔方:北方。唐代方镇名,又称灵武、灵州,在今宁夏境内。

③ 东脊:疑是人名。

天公掌

淇上①薯药②称最③,大者号"天公掌",次者号"榾柮羊④"。

【译】淇上的山药是最好的,大的叫"天公掌",稍小的叫"榾柮羊"。

月一盘

蜀⑤孟昶⑥月旦必素餐。性喜薯药。左右因呼薯药为"月一盘"。

【译】后蜀孟昶每月初一必定吃素餐。特别喜欢吃山药。因此周围的人管山药叫"月一盘"。

四十团

贾人⑦自岭外还,得一枝龙眼,已盐干⑧,凡四十团,共千枚。至荆南⑨献高保勉⑩。因作小琅玕⑪槛子⑫,立置之。名

① 淇上:指河南省北部淇县一带地方。
② 薯药:山药。
③ 称最:最有名或最好。
④ 榾(gǔ)柮(duò)羊:为当时山药中的具体品种名称。
⑤ 蜀:指五代时之后蜀。
⑥ 孟昶(chǎng):后蜀君主,在位三十年。
⑦ 贾(gǔ)人:商人。
⑧ 已盐干:已用盐腌成干的。
⑨ 荆南:唐方镇名,治所在荆州(今湖北江陵)。后为五代十国之一。
⑩ 高保勉:疑为后唐南平(即荆南)王高从诲之子。官职不明。
⑪ 琅(láng)玕(gān):似玉美石。
⑫ 槛(jiàn)子:即栏杆。

曰"海珠藂①"。

【译】有一商人从岭外回来，得到一些龙眼，已经用盐腌成了干，一共四十团，共一千枚。到荆南献给了高保勉。高保勉特意用玉美石制作了栏杆，把龙眼枝放在中间。起名叫"海珠丛"。

绣木团

龙眼，予但知其名"绣木团""川弹子"而已。按《本草》，一名"荔枝奴"。

【译】龙眼，我只知道它的名字叫"绣木团""川弹子"而已。《本草》上又叫它"荔枝奴"。

玉角香

新罗使者，每来，多鬻松子。有数等。玉角香、重堂枣、御家长、龙牙子，惟玉角香最奇。使者亦自珍之。

【译】新罗使者每次来京师朝拜，都买很多松子带回去。松子有几个等级。玉角香、重堂枣、御家长、龙牙子，只有玉角香最为稀奇。使者也特别珍视它。

铁脚梨

木瓜②性益下部，若脚、膝筋骨有疾者，必用焉。故方家号为"铁脚梨"。

---

① 藂（cóng）：同"丛"。

② 木瓜：亦称"楔（míng）樝（zhā）"。蔷薇科。我国陕西、山东以及长江流域以南各地均有栽培。树供观赏。果实经煮熟或蜜饯后可供食用。中医学上以果实入药，性温，味酸涩。主治筋脉拘挛、腰脉酸重、脚气湿痹等症。

【译】木瓜对人的下肢有好处，脚、膝筋骨有毛病的人，一定要用它。所以懂的人叫它"铁脚梨"。

黄金颡①

丘鹏南出甘蔗啖朝友，云"黄金颡"。

【译】丘鹏南拿出甘蔗和朋友一起吃，把甘蔗叫"黄金颡"。

百二子

河东②蒲萄③有极大者，唯土人得啖之。其至京师④者，百二子、紫粉头⑤而已。

【译】河东的葡萄有长得特别大的，只有当地人能吃到。能到京师的，不过是百二子、紫粉头罢了。

御蝉香

洛南⑥，会昌中⑦，瓜圃结五、六实，长几尺而极香，类

---

① 黄金颡（sǎng）：是对甘蔗的戏喻，即金黄色的稽颡棒（行稽颡礼时所执之丧棒）。颡，古指额。亦为"稽颡"的省称。稽颡，古时的一种跪拜礼。屈膝下拜，以额触地，居丧答拜宾客时行之，表示极度的悲痛和感谢。

② 河东：今山西省境内。

③ 蒲萄：葡萄。

④ 京师：京城。这里指宋京城开封。

⑤ 百二子、紫粉头：皆为当时葡萄的品种名称。

⑥ 洛南：县名。在陕西省东南部。汉代设上洛县，隋朝改名洛南县，明朝改雒南县，现仍改洛南县。

⑦ 会昌中：唐代会昌年间。会昌，唐武宗李炎年号，公元841—846年。

蛾绿①。其上皱文，酷似蝉形。圃中人连蔓移上槛②，贡上。命之曰"御蝉香""抱腰绿"。

【译】唐代会昌年间，洛南这个地方有一瓜园中结了五六个瓜，有几尺长且特别香，瓜的颜色好像画眉用的黛色。瓜上面的皱纹，很像蝉的形状。种瓜的人连瓜蔓一起搬到车上，献给皇帝。皇帝给它起名叫"御蝉香""抱腰绿"。

百子瓮

果中子繁者，惟夏瓜、冬瓜、石榴。故嗜果者，目瓜为"百子瓮"。

【译】水果里面籽特别多的，只有夏瓜（即西瓜）、冬瓜、石榴。所以喜欢吃瓜果的人，都把瓜叫作"百子瓮"。

独子青

辽东一处有瓜，若浇沃③，则以酒代水。实成，破为十段，每段中止有一子，而长数寸。食一颗可作终日粮。国人珍之，名"独子青"。

【译】辽东有个地方的瓜，浇灌的时候，要用酒代替水。瓜熟的时候，切成十段，每段里面只有一个瓜籽，有好几寸长。吃一颗就可以顶一天的口粮。国人都很珍视它，取

---

① 蛾绿：画眉用的黛色（青绿色）。蛾，蛾眉。

② 槛：古时押送犯人的车叫槛车，车上有栏杆围成的笼子。这里疑为类似槛车形的车子。

③ 浇沃：浇灌。

名"独子青"。

瓜战

吴越①称雪上瓜②。钱氏子弟③逃暑,取一瓜,各言子之的数。言定剖视,负者张宴,谓之"瓜战"。

【译】吴越数雪上这个地方的瓜最好。当地钱家的子弟们避暑,拿来一个瓜,各自说好里面瓜籽的数量。说好以后把瓜切开检验,输了的请客,这就叫作"瓜战"。

鼻选

瓜④最盛者,无逾齐、赵。车担列市,道路浓香。故彼人云:"未至舌交,先以鼻选"。

【译】最好的香瓜,没有超过齐、赵两地的。推车、挑担的把瓜摆在市场上,浓香的味道就弥漫在周围的道路上。所以大家都说:"尚未用舌头去接触,先用鼻子来选择。"

---

① 吴越:五代时十国之一。公元893年钱为唐朝的镇海节度使,据有今浙江全省和江苏省的一部分。公元907年封为吴越王,建都今浙江杭州。公元978年投降北宋。共历五主、七十二年。

② 称雪(zhà)上瓜:数雪上的瓜最为著名或最好。雪上,地名。雪,指雪溪,浙江吴兴县的别称。

③ 钱氏子弟:钱姓家的子弟们。钱家是五代至宋时雪溪(即今吴兴县)的豪族富户,可能是五代时吴越王钱的后代。宋末画家钱选即吴兴人,自号雪溪翁。

④ 瓜:这里可能指的香瓜,即甜瓜。

闽香玉女①

闽士赴科②,临川③人赴调,会京师旗亭④,各举乡产。闽士曰:"我土荔枝,真压枝天子⑤,酊坐真人⑥,天下安有并驾者⑦!"抚人⑧不识⑨荔枝之未腊者⑩,故盛主杨梅。闽士不忿,遂成喧竞⑪。旁有滑稽子徐为一绝云:"闽香玉女含香雪⑫,吴美星郎⑬驾火云⑭。草木无情争底事,

---

① 闽香玉女:即闽人夸耀荔枝。闽,五代十国之一。这里指闽国人。香,嘉美词,意即"夸耀""赞美"。玉女,意为美女、仙女。是对荔枝的美喻。

② 闽士赴科:闽国文人前往参加科举考试。士,文人。赴,前往。科,科举。

③ 临川:郡名。隋唐时曾改江西抚州为临川郡。赴调:前往调任的地方。

④ 会京师旗亭:在京都酒楼相会。京师,指闽都长乐(福州)。旗亭,指酒楼。

⑤ 真压枝天子:拟人手法比喻荔枝天下第一。压枝,果实繁多,压满枝头。

⑥ 酊坐真人:意喻堆放在器皿中的荔枝就像端坐的仙人。

⑦ 天下安有并驾者:天下哪里有比得上的。并驾,两匹马并排拉一辆车,这里意为可以互相媲美。

⑧ 抚人:此处即指临川人。

⑨ 不识:未见过。识,见识。

⑩ 未腊(xī)者:没有皱纹的鲜荔枝。腊,皮肤皴(cūn)皱。这里意为皱纹。

⑪ 遂成喧竞:于是形成互相争胜的喧嚷。遂,作"就""于是"解。喧,声音大而嘈杂。竞,争逐,互相争胜。

⑫ 含香雪:含香味。香雪,指香雪兰,亦称"香兰""小苍兰"。早春开花,有黄、白、紫、红、粉红等色,有芳香,可提制香料。

⑬ 吴美星郎:吴国人赞美星郎。吴,五代时十国之一。此时的临川属吴国,吴即指临川人。美,赞美。星郎,旧称郎官为星郎。郎,帝王侍从官的通称。郎官的职责原为护卫陪从、随时建议、备顾问及差遣。

⑭ 驾火云:形容星郎(暗喻杨梅)的威武。

青明经^①对赤参军^②。"

【译】闽地文人前往参加科举考试，临川人赴任调配到地方，两人在京师酒楼遇见了，各自夸赞家乡的特产。闽地人说："我老家的荔枝，就好比压满枝头的'天子'，盘中端坐的'仙人'，天下没有能比得上的！"临川人未见过没有褶皱的鲜荔枝，所以极力推崇杨梅（为天下最佳）。闽地人不服气，于是两人争吵起来。旁边有个滑稽的人看到了，不慌不忙作了一首绝句诗："闽香玉女含香雪，吴美星郎驾火云。草木无情争底事，青明经对赤参军。"

澱脚绡

夷门^③瓜品澱脚绡夹鹈^④，其色香味可魁本类也。

【译】夷门出产一种瓜叫淀脚绡夹鹈，它的色香味在瓜中算得上是第一。

禊宝

崔远^⑤家墅在长安城南，就中禊池^⑥产巨藕，贵重一时。

---

① 青明经：明经，唐代科举制度中科目之一，与进士科并列，主要考试经义。因前有"香雪"，故用"青"修饰。

② 赤参军：参军，官名。也是唐、宋流行的"参军戏"的一个脚色。该戏主要由参军、苍鹘两个脚色作滑稽的对话或动作，引人发笑。此处是双关语，用以讽喻两人争论之滑稽。因前有"火云"，故用"赤"修饰。

③ 夷门：河南开封市的别称。

④ 澱（diàn）脚绡（xiāo）夹鹈：瓜的品种名。澱，淀。绡，丝织物类名。织物密度疏稀现孔，轻薄如纱。鹈，鸟名。鹈鹈。

⑤ 崔远：唐代人。曾任中书侍郎、尚书右仆射。后为柳璨所陷，被杀。家墅：别墅。

⑥ 就中禊（xì）池：崔家别墅内的禊池。禊池，池水名。

相传为"禊宝",又曰"玉臂龙"。

【译】崔远在长安城南置有别墅,别墅内的禊池出产巨藕,一时间贵重无比。大家相传它叫作"禊宝",又叫"玉臂龙"。

竹青枣

唐末,群方负固①,物产不通。东汉②有商归自闽越③,以橄榄献于霸君④。明日分赐大臣。禁军帅郝维庆曰:"此果类状吾乡竹青枣,加之一,时久方得薄味,官家何用赐。臣所喜者,金棱略绰盘耳⑤。"

【译】唐朝末年,各方镇倚仗势力称霸一方,物产不能互通。东汉有商人从闽越地区归来,把橄榄献给国君。国君第二天赏赐给大臣。禁军统帅郝维庆说:"这果子长得像我们老家的竹青枣,放一个在那里,时间久了才能闻到一点淡淡的味道,哪用得着国君赏赐。我还是喜欢盘内金棱边的香味,反而宽厚一些。"

---

① 群方负固:诸方镇倚仗势力各霸一方。方,指方镇。镇守一方的军事区域和军事长官。负固,倚仗地势险固。

② 东汉:五代时之北汉亦有"东汉"之称。疑指此。公元951年后周灭后汉,后汉河东节度刘旻在太原称帝,国号汉,史称北汉。有今山西北部和陕西、河北部分地方。公元979年为北宋所灭。

③ 有商归自闽越:有商人从闽越回来。闽越,泛指福建、浙江一带。

④ 霸君:称霸一方之君主。指北汉国君。

⑤ 金棱略绰盘耳:意为盘内金棱边的香味略为宽绰些。金棱,恐是指"金棱边"。金棱边,兰的一种。《兰谱》:"金棱边,幽香凌桂(幽香胜过桂花)。"绰,宽、多。

假蜂蔗

一时之果，品类几何？惟假蜂、蔗二糖、白盐、药物煎、酿、曝、糁①，各随所宜。郭崇韬②家最善于此。知味者称为"九天材料"。

【译】应时当令的鲜果，能有多少种？只不过是靠着蜂蜜、白糖、白盐、药物这些东西，或油煎、或酿制、或曝晒、或调羹腌制，分别按需调配。郭崇韬家特别擅长此道。会吃的人都称作"九天材料"。

爽团

冯瀛王爽团法③：弄色金杏，新水浸没，生姜、甘草、丁香、蜀椒④、缩砂⑤、白荳蔻⑥、盐花、沉⑦、檀、龙麝，皆取末如面，搅拌，日晒干。候水尽味透，更以香药铺糁，其功成矣。宿酲未解⑧，一枚可以销热。

【译】冯瀛王制作爽团的方法：取着色正好的金杏，

---

① 糁：以米和羹。此处指（盐、糖）碎粒拌合，即腌制。

② 郭崇韬：后唐雁门人。历官兵部尚书、枢密使。因忠言直谏，为宦官、伶人及刘皇后所忌，被杀。

③ 冯瀛王爽团法：冯瀛王制作"爽团"的方法。

④ 蜀椒：花椒。因产川、陕间，又名"秦椒""崖椒"。

⑤ 缩砂：缩砂蔤。多年生草本植物。中医以种子入药，有理气、醒脾、和胃等功能。

⑥ 白荳（dòu）蔻：多年生常绿草本植物。中医以种子入药，有引气、化湿、和胃功能。荳，豆。

⑦ 沉：沉香。常绿乔木，带有棕黑色的根、杆可入药。有纳气、温肾等功能。

⑧ 宿酲（chéng）未解：夜间睡眠以后的疲困状态未消失。

用新水没过浸泡，生姜、甘草、丁香、花椒、缩砂、白豆蔻、盐花、沉香、檀香、龙麝，都放在一起磨成粉面，搅拌均匀，放在太阳下晒干。等到水分干了味道透了，再用香药撒在上面，就算制作成功了。睡一觉以后的疲困状态未消失，服用一枚就可以治好。

百益红

百益一损者，枣；一益百损者，梨。医氏目枣为"百益红"，梨为"百损黄"。

【译】有百利一害的，是枣；有一利百害的，是梨。行医的人把枣看作"百益红"，把梨看作"百损黄"。

赐紫樱桃

温庭筠①曰："葡萄是赐紫樱桃②，黄葵③是镀金木槿④。"

【译】温庭筠说："葡萄是赐紫樱桃，白日葵是镀金的木槿。"

云英面

郑文宝⑤云英面，予得食，酷嗜之。文宝赠方：藕莲、

---

① 温庭筠：唐诗人、词人。原名岐，字飞卿，太原人。文思敏捷，精于音律。每入试，押官韵，八叉手而成八韵，时号"温八叉"。

② 赐紫樱桃：对葡萄的美喻。赐紫，唐、宋时三品以上官公服为紫色，五品以上官公服为绯色（大红），有时皇帝特加赐紫或赐绯以示尊宠。葡萄与樱桃形似而大，紫色，故喻为赐紫樱桃。

③ 黄葵：向日葵。

④ 木槿：锦葵科，落叶灌木。夏秋开花，花冠紫红或白色。

⑤ 郑文宝：宋人，字仲贤。初为南唐校书郎。入宋，官至兵部员外郎。

菱、芋、鸡头、荸荠、茨菇、百合，并择净肉，烂蒸之，风前吹眼①少时，石臼中捣极细。入川糖、熟蜜，再捣，令相得，取出作团。停冷性硬，净刀随意切食，糖多为佳。蜜须合宜，少过②则太稀。

【译】我吃过郑文宝做的云英面，而且特别喜欢吃。文宝曾经赠给我制作方法：藕莲、菱、芋头、鸡头、荸荠、茨菇、百合，一并去掉外皮，只选择里面的果肉，放在一起蒸烂，在风里吹晒一会，再放到石臼里捣到非常细。加入川糖、熟蜜，再捣，将它们掺和均匀，拿出来做成团。放冷待到变硬后，拿干净的刀随便切成块吃，糖多放最好。蜜要放得合适，放多了会太稀不成团。

---

① 晾（làng）：晾；晒。

② 少过：稍微过量。